FREEDOM
UND DIE SCHATTEN
DER VERGANGENHEIT

Angela Dorsey über sich:

Viele meiner Geschichten gehen auf meine Jugend zurück: Wir wohnten damals in einem abgelegenen Teil Kanadas, dem Bella Coola Valley, dreihundert Meilen von der nächsten Stadt entfernt. Mein schönstes Erlebnis als Kind war der Tag, als mein Großvater bei uns zu Hause mit einem Pferdehänger auf den Hof fuhr – mit einem Pferd für mich! Es hieß Ben und setzte mich das nächste Jahr beinahe täglich ab. Ben war sehr stur, aber ich war noch sturer. Immer wieder stieg ich in den Sattel und schließlich konnte ich ihn reiten. Das Abenteuer konnte beginnen! Von da an gehörte es zu meinen Lieblingsbeschäftigungen, mit Ben auszureiten. Viele der Abenteuer, die ich mir damals auf diesen Ausritten ausdachte, finden sich heute in meinen Büchern wieder.

Ich lebe mit meinem Mann Brad und meinem Schäferhund Raven auf Vancouver Island, Kanada. Ich habe drei erwachsene Kinder: Seth, Maria und Charity.

Fast täglich arbeite ich an meinen Geschichten, auch wenn ich unterwegs bin. Ich schreibe sehr gerne über Pferde, und ich finde es wichtig, dass die Leute erkennen, wie wunderbar Pferde sind und wie viel wir von ihnen lernen können.

FREEDOM
UND DIE SCHATTEN
DER VERGANGENHEIT

Angela Dorsey

Pony Club

Titel der amerikanischen Originalausgabe:
FREEDOM'S ECHO

Illustrationen:© Jennifer Bell
Umschlag-Illustration: © Jennifer Bell
Umschlag-Gestaltung: Stabenfeldt AS

Übersetzung: Suzanne Bürger

Umwelthinweis:
Dieses Buch wurde auf chlorfrei gebleichtem Papier gedruckt.

Herausgeber und Verlag:
PonyClub, Stabenfeldt GmbH,
Oskar-Schlemmer-Str. 11, 80807 München
Redaktion und DTP/Satz: Stabenfeldt GmbH
Printed in Germany 2009
ISBN 978-3-940455-24-6

HAILEY

Hailey machte einen Schritt rückwärts, als Elaine, ihre beste Freundin, Rain Shadow aus der Box führte. Als der riesige schwarz-weiß gescheckte Hengst etwas zur Seite trat und ihr dabei zu nahe kam, klopfte ihr das Herz bis zum Hals und sie drückte sich furchtsam in die Ecke.

„Hey, benimm dich, Rain!", tadelte Elaine das Pferd und zog es zurück. Rain Shadow schnaubte traurig und seine großen, braunen Augen wirkten etwas resigniert. Aber dann trottete er brav hinter Elaine her in Richtung Stalltür.

Wie machte Elaine das nur? Wenn Hailey ein Pferd sah, kam ihr nur eins in den Sinn: schreiend wegzurennen.

„Ich kann es nicht fassen, dass du schon wieder absagst", meinte Elaine, nun wieder an Hailey gewandt. „Und das, nachdem ich extra ein Pferd für dich reserviert habe!"

„Es tut mir echt leid, Lainey. Aber ich kann wirklich nichts dafür." Hailey spürte, wie sie rot anlief, als die Lüge über ihre Lippen kam. Wenn Elaine merken würde, dass sie sie anschwindelte, wäre sie bestimmt ziemlich sauer.

„Und wer ist diesmal schuld?", wollte Elaine wissen. Sie band Rain an einem Balken fest und holte einen Striegel.

„Meine Mutter hat mir ein paar Dinge aufgetragen, die ich für sie erledigen soll, und ..." Hailey hielt inne, als ihre Freundin sich abrupt zu ihr umdrehte, die Lippen zu einer Linie zusammengekniffen.

Hailey starrte sie an. „Denkst du etwa, ich lüge dich an?“, krächzte sie.

Elaine wandte sich wieder dem Pferd zu. „Nein, nein, ich glaub’s dir schon“, murmelte sie verbissen. Energisch fuhr sie mit dem Striegel über das schimmernde schwarz-weiße Fell, unter dem kräftige Muskeln spielten. „Ich meine nur – immer hast du ausgerechnet gerade dann irgendwas zu erledigen, wenn ich gerne mit dir ausreiten würde.“

„Bist du so weit, Elaine?“

Hailey drehte sich um und sah Jasmine auf den Stall zukommen. Ihre Reitstiefel glänzten in der Sonne und ihre Haare wippten bei jedem Schritt. Sie sah wie immer rundum perfekt aus. Ein Fuchs, gesattelt und gezäumt, folgte ihr mit federnden Schritten. Als das große Tier an Hailey vorbeilief, presste sie sich an die Wand.

„Ja, gleich“, erwiderte Elaine. Sie drückte Hailey den Striegel in die Hand und eilte in die Sattelkammer. „Könntest du ihn bitte kurz auf der anderen Seite abbürsten, während ich das Zaumzeug hole?“

Hailey blickte auf den Striegel hinab. „D...das würde ich ja gern, aber es geht nicht.“ Dann warf sie das Putzzeug in hohem Bogen in Richtung des großen Eimers, in dem sich die übrigen Pflegeutensilien befanden – viel zu nah an Rain Shadow, um einfach rüberzugehen. Zum Glück fiel der Striegel nicht neben den Eimer, sondern direkt hinein.

„Was ist denn jetzt wieder los, Hailey?“, fragte Jasmine in höhnischem Tonfall, als Elaine in der Sattelkammer verschwunden war. „Nein, sag’s mir nicht. Lass mich raten ... du musst sofort weg, stimmt’s?“

Hailey reckte trotzig das Kinn: „Es gibt eben Leute, die Verpflichtungen haben, Jasmine.“

„Himmel, jetzt klingst du wie meine Mutter – die faselt auch ständig von Verantwortung, Pflichtgefühl, Integrität, bla, bla, bla ...“

„Kein Wunder, dass du sitzen bleiben wirst – bei der Einstellung“, gab Hailey zurück.

„Ich bleibe nicht sitzen.“ Jasmines Stimme klang jetzt eiskalt. „Und ich habe auch keine Angst vor Pferden ...“

„Hab ich auch nicht!“

Jasmine lachte laut auf. „Ha! Die Einzige, die das noch nicht geschnallt hat, ist Elaine, weil sie einfach nicht glauben kann, dass du sie anlügst. Aber keine Bange, ich werde schon dafür sorgen, dass sie die Wahrheit erfährt.“

Haileys Gesicht lief puterrot an. War das eine Drohung? Würde Jasmine die Beziehung zu ihrer besten Freundin zerstören?

In diesem Moment stampfte Rain Shadow mit einem Vorderhuf auf den Stallboden und Hailey nahm erschrocken beide Arme vors Gesicht.

Als Elaine aus der Sattelkammer kam, mit einem Westernsattel und Zaumzeug über einem Arm, konnte sich Jasmine nur mit Mühe ihr hämisches Grinsen verkneifen.

„Ich ruf dich heute Abend an, Lainey“, brachte Hailey gerade noch heraus und ärgerte sich, dass ihre Stimme dabei zitterte. Jasmine war noch viel abscheulicher als diese riesigen, stinkenden Pferde.

„Bist du sicher, dass du nicht mitkommen kannst? Wir könnten so viel Spaß miteinander haben“, meinte Elaine, während sie den Sattel hochhob und auf den schwarz-weiß gescheckten Pferderücken legte. Rain Shadow trat einen Schritt nach vorn, um dem Druck des Bauchgurts zu entkommen.

Hailey zog sich so ruhig wie möglich zurück. „Ich wünschte, ich könnte … es tut mir echt leid.“

„Wirklich jammerschade, dass du es nie schaffst, Hailey“, bemerkte Jasmine mit gekünsteltem Bedauern. „Aber wir können auch morgen noch zusammen ausreiten. Du kannst ja einfach heute Abend deine Mutter fragen, um sicherzugehen, dass sie nichts für dich zu tun hat – und dann reiten wir morgen alle zum See und gehen schwimmen.“

„Prima Idee, Jasmine!“, erwiderte Elaine begeistert. Nachdem sie den Sattelgurt festgezogen hatte, stellte sie sich neben Rain Shadow, legte ihm mit sicheren Handgriffen das Gebiss ins Maul und schob ihm die Trense über die Ohren.

„Ja, klingt toll“, sagte Hailey lahm.

„Du hörst dich ja echt begeistert an“, meinte Jasmine. Sie nahm die Zügel auf und schwang sich in den Sattel.

„Doch, ich schwimme sehr gern“, gab Hailey zurück. Diesmal sagte sie sogar die Wahrheit.

Jasmine wendete ihr Pferd in die Richtung von Hailey und trieb es zum Schritt an. Es kam näher und näher ... oh Gott, es würde sie bestimmt gleich zertrampeln! Hailey konnte vor Angst kaum mehr atmen.

Dann hielt sie es nicht mehr aus und ging los, die Stallgasse entlang. Als sie die Pferdehufe hinter sich immer schneller und lauter klappern hörte, fing sie an zu rennen und auf ihrer Stirn bildete sich Schweiß. Sie hastete zur Stalltür, aber die Hufe kamen noch näher ...

„Wartet doch auf mich!“, rief Elaine.

Das Hufgeklapper verstummte.

Hailey flitzte durch die Stalltür und drückte sich draußen mit dem Rücken an die Mauer. Ihr Herz pochte wie verrückt und sie japste nach Luft. Wie nah waren die beiden schon hinter ihr gewesen? Wäre Jasmine mit ihrem Riesenpferd einfach über sie hinweggetrampelt, wenn Elaine ihr nicht zugerufen hätte, dass sie auf sie warten sollte?

Eins wusste sie: So würde es auch morgen ablaufen, wenn sie sich aus dem Ausritt zum See nicht herausmogeln konnte. Jasmine würde sie die ganze Zeit bloßstellen. Und wenn Elaine erfuhr, dass sie Haileys Schwindeleien so lange aufgesessen war, würde sie sich ziemlich dumm vorkommen und nur noch Verachtung für Hailey übrighaben.

Als Jasmines Fuchs aus dem Stall stolziert kam, sah seine Reiterin noch stolzer und hochmütiger aus als er. Hailey versuchte sich unauffällig wegzustehlen, aber zu spät ... unerbittlich fing Jasmine ihren Blick auf und ein spöttisches Lächeln umspielte ihre Mundwinkel. Gleich danach kam Elaine aus dem Stall geritten. Als sie Hailey sah, hielt sie ihr Pferd kurz an. „Das ist echt unfair. Ständig musst du irgendwelche Dinge erledigen."

„Ich weiß. Tut mir leid."

Jasmine ließ ihr Pferd schon antraben, aber Elaine hielt Rain Shadow noch zurück. Das riesige Tier scharrte ungeduldig mit dem Vorderhuf. Hailey musste sich sehr zusammenreißen, um nicht zurückzuweichen.

„Aber morgen reiten wir zusammen aus, okay?", beharrte Elaine. „Das wird bestimmt toll!"

„Klar", brachte Hailey zögerlich hervor. „Wenn Mom und Dad es mir erlauben."

„Wir werden deine Mutter gleich nach der Aufführung heute Abend darauf ansprechen, okay?"

„Gut, machen wir", entgegnete Hailey und fühlte sich ziemlich mies dabei.

„Prima! Also bis dann!“ Elaine trieb Rain Shadow vorwärts. „Mach dir keine Gedanken; deine Mutter wird es bestimmt erlauben“, rief sie über die Schulter zurück. „Wenn sie erst einmal weiß, wie viel dir daran liegt ...“

Hailey wollte Elaine noch nachwinken, aber ihre Freundin hatte sich schon umgedreht, um Jasmine einzuholen.

Hailey legte die Hände auf den Bauch und wartete, bis das flaue Gefühl etwas nachgelassen hatte. Was sollte sie jetzt bloß machen? Hatte sie überhaupt noch eine Chance, ihr schreckliches Geheimnis für sich zu behalten?

„Alles okay mit dir?“

Hailey wirbelte herum. Vor ihr stand Penny Martin, die sie besorgt musterte. Das Mädchen war zwei Jahre älter als sie. Sein Pferd war in den Evergreen Stables, dem Mietstall von Mr. Regan, untergebracht.

„Mir geht's gut“, erwiderte Hailey.

„Du siehst so blass aus“, stellte Penny fest. Sie warf kurz einen Blick zum Eingangstor hinüber, als würde sie dort jemand erwarten. Dann wandte sie sich wieder Hailey zu. „Ist mit dir wirklich alles in Ordnung?“

„Aber ja!“, stieß Hailey hervor und rannte mit gesenktem Kopf davon. Jeder schien zu bemerken, dass sie in der Nähe von Pferden schreckliche Angst bekam – und morgen würde das auch Elaine wissen. Hätte sie ihre Freundin am ersten Tag nur nicht angelogen. Hätte sie ihr nur ehrlich gesagt, was sie fühlte!

Eigentlich hatte sie immer gedacht, dass sie Pferde wirklich liebte. Auf Fotos und im Fernsehen sahen diese Tiere immer so schön und elegant aus! Aber als Elaine angefangen hatte, in den Evergreen Stables Reitstunden zu nehmen, und Hailey zum allerersten Mal einem richtigen Pferd Auge in Auge gegenübergestanden hatte, hatte sie einfach die Angst gepackt. Das Pferd war ihr so groß und mächtig vorgekommen. Eine falsche Bewegung und so ein Biest könnte sie ohne Weiteres niedertrampeln oder an eine Wand quetschen. Zum Glück war Elaine damals so glücklich und aufgeregt gewesen, dass sie Haileys Panik gar nicht bemerkt hatte – und danach hatte Hailey nicht mehr den Mut gefunden, ihr die Wahrheit zu sagen.

Seufzend bog Hailey auf die ruhige Landstraße ab. Vor ihr lag ein ewig langer, öder Nachmittag, an dem sie nichts anderes zu tun hatte, als darüber nachzugrübeln, wie feige und gemein es von ihr war, ihre beste Freundin so anzuschwindeln. „Wäre ich Elaine gegenüber von Anfang an ehrlich gewesen, hätte sie mir bestimmt geholfen, meine Angst zu überwinden“, dachte Hailey. Sie verzog das Gesicht. Das war ja genau der Grund gewesen, warum sie den Mund gehalten hatte – allein die Vorstellung, auf Rain Shadow zuzugehen, in die unmittelbare Nähe dieser schweren, tödlichen Hufe, dieser gelben Zähne und dieser kräftigen Vorderbeine zu geraten ...

Als die laue Sommerluft auf einmal ein leises Wiehern zu ihr herüberwehte, blieb Hailey wie angewurzelt stehen. Im nächsten Moment sog sie erschrocken die Luft ein, denn da kamen zwei Pferde um die Kurve: eine großes, rot-weiß geschecktes und ein kleines, schwarzes mit einem weißen Fleck auf der Brust. Die Augen des Rappfohlens waren ... irgendwie merkwürdig. Sie schienen nicht zu dem dunklen Köpfchen zu passen. Waren die etwa ... hellblau?

Wahrhaftig! Wie süß! Hailey wurde ganz warm ums Herz. Auf einmal fand sie an einem Pferd Gefallen ... vielleicht bestand ja doch noch Hoffnung ...

Da blieb das Fohlen abrupt stehen, hob sein edles Köpfchen und begann zu wiehern, als wollte es Hailey begrüßen. Auf einen Schlag war das Gefühl der Zuneigung wie weggeblasen und Hailey empfand nur noch Panik. Sie konnte keinen Führstrick entdecken und ihr Blick flog zu der jungen Reiterin, die auf dem Rücken des großen Pferdes saß. Die ließ das Tier doch nicht einfach frei herumlaufen, oder?

Als das Rappfohlen langsam auf Hailey zugetrottet kam, wich sie unwillkürlich ein paar Schritte zurück. Aber dann sah sie zu ihrer Erleichterung, dass es ein schwarzes Halfter trug, an dem ein Strick befestigt war. Gott sei Dank! Als sich der Strick straffte, blieb das Fohlen stehen.

„Hi“, sagte das Mädchen freundlich.

Hailey erkannte es. Das war Jani Preston, Pennys beste Freundin. Die beiden hatten sich wahrscheinlich am Stall verabredet, um gemeinsam auszureiten.

„Hi“, erwiderte sie.

„Du brauchst keine Angst zu haben. Ich habe sie im Griff.“

Hailey wurde rot. „Ich hab keine Angst“, sagte sie rasch. Und wie um es zu beweisen, ging sie den beiden Pferden mit zitternden Knien entgegen. Solange sie ihnen nicht allzu nahe kam, dürfte ihr nichts passieren. Das eine Pferd war ja noch ziemlich klein und das große dahinter wirkte bei Weitem nicht so kraftvoll und ungestüm wie Rain Shadow. Solange sich die beiden Tiere ruhig verhielten, bis sie heil an ihnen vorbeigegangen war, war alles okay. Das würde sie doch wohl noch hinbekommen.

FREEDOM

Freedom schnaubte und blieb stehen, die blauen Augen fest auf das Mädchen gerichtet. Obwohl sie noch sehr jung war, hatte sie schon mit vielen Menschen zu tun gehabt – aber der hier war irgendwie anders als die anderen. Es schien, als ob die Luft um das Mädchen herum flirren würde.

Das Fohlen sah sich nach der Reiterin um. War Jani auch etwas aufgefallen? Anscheinend nicht. Sie schien von dem Mädchen nicht besonders beeindruckt zu sein.

Freedom schaute wieder auf die Fremde und wieherte ihr die Frage entgegen: „Wer bist du?" Vielleicht würde sie sie ja verstehen und ihr antworten.

Aber als das Mädchen zurückwich, schüttelte Freedom den Kopf und schnaubte erneut. Es konnte sich also nicht mit ihm verständigen. Na ja, das war nichts Neues.

Aber vielleicht, wenn sie näher an es herankäme ... vielleicht könnte sie dann etwas erschnuppern ... Das Fohlen tat einen Schritt nach vorn, aber Jani hielt es mit sanftem Zug am Führstrick zurück. „Sie hat Angst vor dir, Freedom. Merkst du das denn nicht?"

Das hatte Freedom sehr wohl mitbekommen, aber sie wollte doch nur herausfinden, was an diesem Mädchen, das auf den ersten Blick ganz gewöhnlich aussah, so anders war als an all den anderen Menschen, die sie bisher getroffen hatte ...

JANI

„Siehst du? Sie mag dich. Sie will dich gerne kennenlernen“, sagte Jani zu dem Mädchen.

Zögernd tat Hailey einen Schritt nach vorn. „Bist du ... bist du ganz sicher, dass sie sich nicht losreißen kann?“, fragte sie ängstlich.

„Selbst wenn sie es könnte – Freedom würde dir niemals etwas tun“, versprach Jani.

Hailey blieb kurz stehen und musterte die junge Stute aufmerksam. „Sie ist echt hübsch. Besonders ihre Augen gefallen mir.“

Als Freedom den Kopf hob, wich Hailey wieder einen Schritt zurück.

„Sie will nur, dass du sie streichelst.“

„Ich kann nicht ... ich meine, ich bin ziemlich in Eile“, log Hailey und begann in einem weiten Bogen an Jani, Keeta und Freedom vorbeizugehen.

„Ich hatte früher auch Angst vor Pferden“, bemerkte Jani, obwohl das eine ziemliche Übertreibung war. Sie war nur etwas übervorsichtig gewesen, während sie in Haileys Augen die blanke Furcht las.

Hailey blieb stehen. „Ich hab doch überhaupt kei...“ Aber als sie das schwarze Fohlen anschaute, biss sie sich auf die Lippe und ihre Stimme erstarb.

„Und warum willst du sie dann nicht streicheln?“

Hailey sah mit angstvoll geweiteten Augen zu Jani hoch. „Stimmt das? Du hattest Angst vor Pferden?"

„Früher mal, ja. Aber jetzt nicht mehr. Heute ist Keeta meine beste Freundin." Jani tätschelte die rot-weiß gescheckte Stute liebevoll. „Und vor Freedom braucht sich wirklich kein Mensch zu fürchten. Sie ist total lieb und sanft und außerdem scheint sie dich zu mögen. Ich habe noch nie erlebt, dass sie für jemanden so viel Interesse gezeigt hat."

„Echt?"

Jani lächelte und nickte. „Echt."

Hailey schloss für einen Moment die Augen und schaute dann wieder zu Jani hoch. „Wenn ich dir jetzt was verrate – versprichst du mir, dass du es wirklich niemandem weitererzählst?"

„Aber klar doch."

Hailey atmete ganz tief durch. „Okay. Du hast recht. Ich habe eine Heidenangst vor Pferden. Ich will das gar nicht, aber ich kann nicht anders."

Jani lächelte. „Du, sorry – aber das sieht ein Blinder mit Krückstock."

„Also, meine beste Freundin hat es noch nicht bemerkt. Ich würde diese Angst so gerne überwinden, damit sie es niemals herausfindet." Hailey senkte den Blick.

„Freedom ist doch noch ganz klein. Warum kommst du nicht ein wenig näher und wartest einfach ab, was passiert?"

Hailey starrte das Pferdchen an, als wäre es ein dreiköpfiges Ungeheuer, aber dann streckte sie mutig ihre Hand aus.

„Komm, du kannst das schon", ermunterte Jani sie.

Hailey ging einen winzigen Schritt auf Freedom zu.

Als diese ihren Kopf Haileys Hand entgegenstreckte, ließ

Jani den Führstrick locker. Freedoms weiches Mäulchen war nur wenige Zentimeter von Haileys Handfläche entfernt, als das Fohlen seine Nüstern blähte, um einzuatmen – und gleich darauf mit wild rollenden Augen zurückwich.

Jani straffte den Führstrick wieder. Was hatte Freedom so erschreckt? Hailey sah doch vollkommen harmlos aus. „Tut mir leid", sagte Jani. „Fohlen sind manchmal etwas unberechenbar. Vielleicht hätte ich dich warnen sollen. Aber du hast das wirklich gut gemacht. Willst du's noch mal versuchen?"

Als Hailey ihr darauf nicht antwortete, stieg sie aus dem Sattel und stellte die große Stute so hin, dass sie Hailey direkt anschaute. „Versuch's mal mit Keeta. Sie ist lammfromm und schon gut erzogen."

„Die ist mir zu groß ... ich würde es lieber noch mal mit der Kleinen probieren."

Jani zog das schwarze Fohlen zu sich heran. „Ich halte sie fest. Nimm dir Zeit – lass sie dich erst mal beschnuppern."

Hailey holte tief Luft. „Okay." Sie bewegte sich keinen Millimeter von der Stelle.

„Los, nur Mut!", munterte Jani sie auf.

Hailey atmete erneut tief durch. Ihr Gesicht war kreidebleich und als sie ihre Hand ausstreckte, bebten ihre Finger. Dann schloss sie die Augen.

„Weißt du, mein Dad hat mir mal gesagt, dass es nur einen einzigen Weg gibt, seine Furcht zu überwinden: Man muss der Sache, vor der man Angst hat, ins Auge sehen", erklärte Jani.

Hailey sah Jani mit weit aufgerissenen Augen an. „Ich schaff's nicht", flüsterte sie verzweifelt. „Ich kann's einfach nicht."

Freedom wieherte leise und streckte leicht den Kopf vor.

„Siehst du? Sie bittet dich wegen vorhin um Entschuldigung. Sie wollte dich nicht erschrecken."

„Es geht nicht." Diesmal klang Haileys Stimme ziemlich entschlossen.

„Ist schon gut", erwiderte Jani. „Mach dir keine Vorwürfe. Immerhin hast du es geschafft, ihr näher zu kommen. Das ist doch schon mal was!" Sie stieg wieder in den Sattel. Als sie sich nach Hailey umsah, war diese bereits ein paar Schritte weitergegangen. Auf ihren Wangen glitzerten Tränen.

„Es wird einfach nur seine Zeit brauchen, Hailey. Das ist alles. Du musst nicht weinen." Als sie das verzweifelte Gesicht des Mädchens sah, stiegen ihr vor Mitleid selbst die Tränen in die Augen. „Komm mich doch morgen einfach besuchen. Wenn zwischen euch beiden ein Zaun ist, fällt es dir bestimmt leichter."

„Meinst du?"

„Aber klar!"

Hailey nickte. „Okay, dann schau ich morgen mal vorbei. Vielen Dank, Jani."

„Aber gern!" Ein Regentropfen platschte auf Janis Ärmel und sie sah nach oben. Die Sonne war hinter einer dicken, grauen Wolke verschwunden. „Oh nein – jetzt fängt es schon wieder zu regnen an!"

„Dann sollte ich jetzt lieber mal los ..."

„Und ich auch. Penny wartet sicher schon auf mich."

Jani trieb die Stute vorwärts, aber als Hailey Janis Namen rief, blieb sie noch mal stehen und drehte sich um.

„Und du wirst es bestimmt niemandem verraten?"

„Nein – das hab ich dir doch fest versprochen."

Ein kleines Lächeln huschte über Haileys Gesicht. „Danke“, wisperte sie. Dann drehte sie sich um und lief los.

Jani sah ihr kurz nach. Arme Hailey. Sie mochte sich gar nicht vorstellen, wie schrecklich es sein musste, wenn man vor etwas so fürchterliche Angst hatte – und ausgerechnet vor Pferden.

Seufzend ließ sie Keeta die Zügel länger und die Stute trabte los.

Als Jani in flottem Galopp auf den Hof der Evergreen Stables geritten kam, goss es wie aus Kübeln. Penny und Sunny schauten mürrisch aus dem Stallfenster. Heute würde das mit dem gemeinsamen Ausritt nichts mehr werden. Nach drei Tagen Dauerregen hatte jeder von diesem Hundewetter die Nase voll.

FREEDOM

Als sie wieder in ihrer Box standen, schmiegte sich Freedom an ihre Mutter Keeta. Im Stall war es kuschelig warm und schon bald verdampfte die Feuchtigkeit aus ihrem durchnässten Fell. Keeta kaute genüsslich ihr Futter, und das rhythmische, mahlende Geräusch hörte sich vertraut und behaglich an. Freedom seufzte. Sie war sehr müde. Irgendwie war das ein anstrengender Tag gewesen – erst der Ausflug zu Sunnys Stall und die Begegnung mit dem merkwürdigen Mädchen, und dann hatte sie im Reitstall noch viele neue Pferde kennengelernt, während Jani und Penny darauf gewartet hatten, dass der Regen endlich aufhörte. Hatte er aber nicht, und auf dem Heimweg war es ziemlich lustig gewesen mit all den tiefen Pfützen, durch die man herrlich hindurchplatschen konnte, dass es nur so spritzte!

Sie naschte von dem leckeren Futter und trottete dann in eine Ecke, um sich hinzulegen. Keeta schaute zu ihr herüber und wieherte leise. Freedom wieherte sanft zurück und ließ sich ins weiche Stroh sinken.

Aber etwas ging ihr einfach nicht aus dem Kopf: dass sie nicht herausgefunden hatte, was es mit diesem Mädchen auf sich hatte, dem sie auf der Landstraße begegnet waren. Freedom schloss die Augen und erinnerte sich daran, wie merkwürdig die Luft um es herum ausgesehen hatte. Lag das an seiner Krankheit? Denn dass mit dem Körper dieses

Mädchens etwas nicht stimmte, hatte Freedom auf den ersten Blick bemerkt.

Und als sie seine Hand beschnuppert hatte, war sie sehr überrascht gewesen: Es war ihr eiskalt in die Nüstern gestiegen. Vielleicht stand dem Mädchen etwas bevor, das irgendwie mit Kälte zu tun hatte ...

Aber am merkwürdigsten war, dass außer ihr niemandem etwas Ungewöhnliches an dem Mädchen aufgefallen war. Nicht einmal Keeta hatte auf es reagiert.

War das alles vielleicht nur Einbildung?

Freedom schnaubte leise. Nein, da war etwas, sogar etwas sehr Beunruhigendes – als würde dieses Mädchen in großer Gefahr schweben; als ob es Hilfe bräuchte ...

Genau, das war's! Aus dem tiefsten Innern des Mädchens kam ein Hilferuf, und aus irgendeinem Grund war sie, Freedom, die Einzige, die ihn vernahm.

Ihre Müdigkeit war auf einmal wie weggeblasen, und Freedom erhob sich wieder und lief rastlos in der Box umher.

Aber wobei brauchte das Mädchen so dringend Hilfe? Um seine unerklärliche Angst vor Pferden zu überwinden? Oder seine Krankheit? Oder waren das alles nur Symptome eines weitaus größeren Problems?

Freedom musste so bald wie möglich die Wahrheit herausfinden, denn eines war inzwischen klar: Wenn nur sie allein den stummen Hilferuf dieses Mädchens zu hören vermochte, dann war sie auch die Einzige, die es retten konnte.

JANI

„Bravo! Bravo!“ Jani stand inmitten des Publikums, das den Schauspielern begeistert applaudierte. Die Jubelrufe ihres Vaters, der neben ihr war, übertönten fast ihre eigenen. Janis Mutter stand ganz rechts außen auf der Bühne und strahlte über das ganze Gesicht. Ein letztes Mal verneigte sie sich mit ihren Kollegen, dann senkte sich der Vorhang.

„Das war absolut spitzenmäßig!“

„Deine Mutter ist wirklich ein Star!“

„Ich hab vorher gar nicht gewusst, dass sie so cool ist!“

„Ja. Dein alter Vater hat so was Tolles gar nicht verdient.“

„Na ja, du bist auch cool. Irgendwie ... auf eine gewisse Weise.“ Jani kicherte und duckte sich rasch weg, als ihr Vater sie scherzhaft an den Haaren ziehen wollte.

Die Lichter im Saal gingen an und die Leute strömten auf die Ausgänge zu. Jani schaute sich um und hoffte, vielleicht ein paar Schulkameraden zu entdecken, aber sie sah keinen. Sie und ihr Dad würden noch so lange bleiben, bis ihre Mutter fertig war. „Aber die anderen Schauspieler waren auch nicht übel“, sagte sie und sank wieder in den Sitz.

Ihr Vater ließ sich neben ihr nieder.

„Aber weißt du, was das Beste ist?“, fuhr Jani fort. „Die machen alle den Eindruck, als hätten sie riesigen Spaß.“

„Du solltest dir echt mal überlegen, ob du für das nächste Stück nicht mal vorsprechen möchtest, Jani. Ich bin sicher, du würdest dich auf der Bühne gut machen." Er sah seine Tochter von der Seite an.

„Das könnte ich nie!"

„Warum denn nicht?"

Jani wünschte, sie hätte nichts gesagt. „Ich bin einfach der Meinung, dass ich nicht gut genug wäre. Das ist alles."

„Feigling." Er hatte das ganz ruhig und gelassen gesagt, aber das machte es umso irritierender.

„Dad!" Jani knuffte ihn in die Seite.

„Autsch – ich glaube, jetzt hast du mir eine Rippe gebrochen!", schauspielerte er und griff sich an die Seite.

Da kam Janis Mutter auf die beiden zu, mit federnden Schritten und einem strahlenden Lächeln im Gesicht.

„Anna, du warst wunderbar!" Stolz zog Janis Vater seine Frau an sich heran und schloss sie liebevoll in die Arme.

„Ja, Mom – du warst echt klasse!", stimmte Jani zu, als die beiden ihre Umarmung lösten.

„Ach, ihr müsst mich ja loben – ihr seid ja mit mir verwandt."

„Ja, aber diesmal meinen wir es echt ernst", entgegnete Jani, aber dann wurde ihr klar, wie sich das anhören musste. „Ich meine ... ich meine, du bist wirklich fantastisch!"

Ihre Mutter lachte auf. „Ich danke dir, Liebes", erwiderte sie und legte Jani eine Hand auf die Schulter.

„Jani hat mir vorhin mitgeteilt, dass sie gerne der Theatergruppe beitreten würde", sagte Janis Vater da.

„Echt? Das wäre super! He, ich habe eine Idee: Komm mit hinter die Bühne, während ich mich umziehe – dann stelle ich dich unserem Regisseur vor! Vielleicht brauchen wir ja in unserem nächsten Stück eine Kinderdarstellerin."

„Oder eine Person von kleiner Statur", meinte Janis Vater.

„Oder eine hinterhältige Person", warf Jani ein. „Für so eine Rolle wärst du großartig geeignet, Dad!" Jani lächelte über ihre Schlagfertigkeit und folgte ihrer Mutter. Irgendwie war sie auch gar nicht sauer, dass ihr Vater ihrer Mutter gegenüber was gesagt hatte. Das Stück war super gewesen und vielleicht war die Schauspielerei ja ihr Ding.

Hinter der Bühne herrschte emsiges Treiben. Überall liefen Menschen hin und her, um die Requisiten und Kostüme zu verstauen. In dem Gewusel entdeckte Jani Hailey mit ihrer Freundin Elaine. Sie standen neben einer Frau, die Hailey immer ähnlicher wurde, je mehr sie sich abschminkte.

Als Hailey Jani am anderen Ende des Raumes sah, winkte sie ihr zu. Jani winkte zurück und wollte schon zu ihr gehen, als ihr auffiel, wie Elaine mit zornfunkelnden Augen zu ihr herübersah. Was war denn mit der los? Jani schaute genauso finster zurück.

„Jani, ich möchte dir unseren Regisseur vorstellen – Mr. Wallace!"

Jani drehte sich um und schüttelte dem Mann die Hand. Während der nächsten paar Minuten war sie ganz auf den drahtigen, energiegeladenen Regisseur konzentriert, der sich einige Minuten überaus freundlich mit ihr unterhielt. Als er davoneilte, um jemandem zu helfen, ein Sofa wegzuschieben, blickte sich Jani wieder um. Hailey und Elaine waren verschwunden. Anscheinend hatte Elaine nicht gewollt, dass sie, Jani, zu ihnen herüberkam. Die hatte sie vielleicht angesehen – wenn Blicke töten könnten!

HAILEY

„Bist du sicher, dass du nichts dagegen hast, wenn ich morgen mitgehe?“ Hailey stellte die Frage laut genug, dass ihre Mutter sie trotz des Regens, der an die Windschutzscheibe prasselte, hören konnte. „Ich könnte auch daheim bleiben und den Rasen mähen.“

„Du bist in diesem Sommer ohnehin viel zu viel im Haus herumgesessen, Hailey“, erwiderte ihre Mutter freundlich und wohlwollend. Sie ahnte nicht, was ihre Tochter bewegte. „Es wird Zeit, dass du mal etwas unternimmst und mit deinen Freunden zum Baden gehst.“

„Aber ich könnte doch auch bei irgendjemandem Unkraut jäten“, warf Hailey ein und fügte dann rasch hinzu: „Für Geld, meine ich.“ Sie wollte nicht, dass ihre Mutter Verdacht schöpfte, weil sie sich zu großzügig zeigte.

„Sparst du denn auf etwas?“

„Nein ... ich meine ja, schon.“ Noch mehr Lügen.

„Und auf was?“

„Kann ich nicht sagen. Ist noch ein Geheimnis.“

Ihre Mutter lächelte. „Mir kannst du’s doch verraten.“

Hailey dachte fieberhaft nach. Was konnte sie darauf antworten? Es musste etwas sein, womit ihre Mutter einverstanden wäre. Ein Kätzchen? Nein – das hatte sie schon letztes Jahr versucht und es hatte nichts gebracht. Vielleicht ein neues Kleid? Das würde ihre Mutter sicher verstehen.

Aber eigentlich hasste sie Kleider und dann wäre sie gezwungen, das mühsam ersparte Ding anzuziehen ...

„Es ist eine Überraschung für dich“, schwindelte Hailey. Ha, ein guter Schachzug! Was könnte ihre Mutter dagegen einwenden? Eben – nichts! „Also, darf ich morgen daheim bleiben?“ Sie sah ihre Mutter von der Seite an und bemerkte, dass in deren Gesicht der blanke Horror stand und dass sie das Lenkrad mit beiden Händen umklammerte.

Der Wagen geriet ins Schlingern, kam von der Straße ab und wurde dann in die Luft geschleudert. Der Motor heulte laut auf – und von da an lief alles wie in Zeitlupe ab ...

Sie schlitterten durch die Dunkelheit ...

Der Fluss kam immer näher, bis das Wasser hart gegen die Windschutzscheibe klatschte ...

Ruckartig wurden sie von den Sicherheitsgurten zurückgeschleudert ...

Dann Wasser überall – prasselnder Regen von oben aufs Autodach, tosendes Flusswasser, das von allen Seiten ins Wageninnere drang ...

Ihre Mutter vornübergebeugt über dem Steuer – das Gesicht blutverschmiert ...

Hailey versuchte verzweifelt, den Sicherheitsgurt zu öffnen, um Hilfe zu holen ...

Endlich hatte sie sich befreit. Sie stemmte die Wagentür auf und wurde vom hereinströmenden Wasser mit hohem Druck gegen das Armaturenbrett gepresst ...

Sie kämpfte gegen die Wassermassen an und fand die Kraft, aus dem Wagen herauszukommen ...

Sie wurde von der reißenden Strömung erfasst ...

Die Scheinwerferlichter wurden immer schwächer und sie wurde hilflos vom Fluss stromabwärts mitgerissen ...

JANI

Als Jani und ihre Eltern aus dem Theater kamen, goss es immer noch in Strömen. Janis Vater eilte zum Auto, während Jani und ihre Mutter unter dem Vordach des Theaters warteten. Eine Minute später fuhr er mit dem Auto vor und die beiden stiegen rasch ein. Jani setzte sich auf den Rücksitz und legte den Sicherheitsgurt an.

Es war Nacht und irgendwie schien die Dunkelheit noch undurchdringlicher als sonst. Im Licht der Scheinwerfer konnte man außer dem Regen kaum etwas erkennen. Jani schloss müde die Augen. Die Tropfen, die monoton auf das Autodach trommelten, das regelmäßige Hin und Her der Scheibenwischer und die murmelnden Stimmen ihrer Eltern bildeten eine einschläfernde Geräuschkulisse. Von ihr aus hätte diese Fahrt ewig dauern können – sie fühlte sich rundum wohl, sicher und geborgen.

Als die Stimmen ihrer Eltern auf einmal verstummten und der Wagen langsamer fuhr, öffnete Jani die Augen. „Was ist los? Warum halten wir denn an?“

„Da vorne steht ein Auto am Straßenrand“, sagte ihr Vater. „Mal sehen, ob da jemand Hilfe braucht.“

„Hoffentlich ist nichts Schlimmes passiert“, meinte Janis Mutter.

Nun konnte auch Jani die roten Lichter erkennen. Die Warnblinkanlage eines PKW.

Eine dunkle Gestalt kam mit erhobenen Armen auf sie zugerannt.

„Das ist ja Beatrice!“, rief Janis Mutter, die ihre Schauspielkollegin gleich erkannt hatte.

Beatrice kam an die Fahrerseite geeilt und Janis Vater kurbelte das Fenster herunter.

„Dave, Anna – Gott sei Dank! Habt ihr ein Handy dabei? Wir müssen den Notarzt anrufen!“

Janis Mutter griff in ihre Handtasche. „Was ist passiert?“

„Da vorne ist ein Auto im Fluss!“

„Bleibt hier!“, befahl Janis Vater und machte die Wagentür auf.

Wie benommen sah Jani ihm nach, als er ausstieg und in Richtung Flussufer rannte.

„Beatrice! Steig ein und erzähl, was passiert ist!“, bat Janis Mutter, während sie die Notrufnummer wählte.

Beatrice glitt auf den Fahrersitz, schloss die Wagentür und kurbelte die Scheibe hoch. „Vor mir auf der Straße waren Rücklichter und auf einmal drehte das Auto scharf ab und schlingerte in den Fluss ...“

„Hallo? Ja, wir haben einen Notfall ...“

Jani streckte die Hand nach dem Türgriff aus. Sie wusste, dass Beatrice allein war – sie hatte sie losfahren sehen, als sie und ihre Mutter unter dem Vordach auf ihren Vater gewartet hatten. Das bedeutete, dass ihr Vater ganz allein durch den überfluteten Fluss watete, um nach dem verunglückten Auto zu sehen. Sie öffnete die Tür so leise sie konnte. Das Rauschen des Regens schwoll an und Jani warf ihrer Mutter einen Blick zu. Aber die war wegen des Telefonats abgelenkt und schien nichts zu bemerken. Im nächsten Moment war Jani draußen.

Sie ließ die Autotür nur leicht angelehnt, damit das Einrastgeräusch sie nicht verraten konnte, und rannte ihrem Vater nach. Im Scheinwerferlicht würde ihre Mutter sie jetzt garantiert sehen; sie würde sie aber nicht mehr aufhalten können. Jani würde so tun, als habe sie ihre Rufe nicht mehr gehört.

Als sie neben Beatrices Auto stand, zuckte ein Blitz über den Himmel. Am Straßenrand, wo die Böschung zum Fluss hin abfiel, blieb sie kurz stehen, hielt sich trichterförmig beide Hände um den Mund und schrie: „Dad!“ Im gleichen Moment krachte der Donner los. „Dad!“, kreischte sie erneut in die Dunkelheit, als der Donnerhall verklungen war.

Es kam keine Antwort. Jani ließ sich die Böschung hinabrutschen. Sekunden danach platschten ihre Füße in kaltes Wasser. Der Regen hatte den Fluss so stark ansteigen lassen, dass das sumpfige Ufer völlig überflutet war.

„Jani!“

Durch den rauschenden Regen drang die Stimme ihrer Mutter zu ihr herüber. Aber sie konnte nicht zurück. Nicht jetzt. Nicht, wenn ihr Vater womöglich ihre Hilfe brauchte.

Als ein weiterer Blitz den Himmel erhellte, sah sie die dunklen Wassermassen vor sich – und etwa zehn Meter vom Ufer entfernt ein Auto, halb in den Fluten versunken. Sie beobachtete, wie ihr Vater eine Gestalt vom Fahrersitz zerrte. Ihm war nichts passiert! Und er war ein Lebensretter!

Sie kroch am Flussufer entlang an die Stelle, wo er vermutlich aus dem Wasser an Land kommen würde. Ringsum war es nun wieder stockdunkel und sie konnte kaum die Hand vor den Augen sehen. Ihrem Vater würde es mitten im Wasser ganz genauso gehen. Jetzt konnte sie ihm helfen, indem sie ihn ans Ufer lotste.

„Dad, hier entlang! Komm hierher!"

„Jani?"

„Ja! Ich bin hier, am Ufer!"

„Ich komme!"

Er bewegte sich nun direkt auf sie zu.

„Alles okay mit dir, Dad?"

Ihr Vater antwortete nicht, weil er nur noch keuchend atmen konnte. Mühsam arbeitete er sich in der Dunkelheit die rutschige Böschung hinauf bis zum Straßenrand, dicht gefolgt von Jani. Als sie endlich oben waren, stand er genau im Scheinwerferlicht der beiden Wagen.

Vorsichtig legte er die bewusstlose Autofahrerin auf dem Asphalt ab. Ihr Kopf fiel zurück wie der einer Puppe und Jani sog erschrocken die Luft ein. Das Gesicht der Frau war blutverschmiert und auch aus ihrer Nase troff Blut.

„Ihre Nase ist gebrochen", erklärte Janis Vater. Er zog sein Jackett aus.

Plötzlich erstarrte Jani und spürte eine Eiseskälte. Aber das lag weder an dem kalten Regen noch an dem eisigen Wind. Die Frau kam ihr bekannt vor ... Mit dem Blut und den nassen Strähnen im Gesicht sah sie verändert aus, aber Jani war sich ziemlich sicher, dass das die gleiche Frau war, die sie vorher im Theater hinter der Bühne gesehen hatte. Sie berührte ihren Vater an der Schulter. „Dad ...", sagte sie leise.

Er blickte nicht auf.

„Dad!"

„Nicht jetzt, Jani." Behutsam schob er sein zusammengefaltetes Jackett unter den Kopf der Frau.

„Dad, du musst noch mal zurück zu dem Auto ..."

„Nicht jetzt, Jani!", gab er laut und schroff zurück.

Jani trat beiseite. Es kam selten vor, dass ihr Vater sie so anfuhr.

Janis Mutter kam durch den strömenden Regen herbeigeeilt, gefolgt von Beatrice. Sie hielt eine Taschenlampe in der Hand und hatte eine Wolldecke über dem Arm – die Notfallausrüstung aus dem Kofferraum.

„Das ist ja Elizabeth!“, stellte Janis Mutter fest und kniete sich neben der Frau auf den Boden. „Ist sie ...?“

„Sie lebt. Ist der Rettungswagen unterwegs?“

„Müsste jeden Moment hier sein.“ Janis Mutter breitete vorsichtig die Decke über die bewusstlose Frau, während Beatrice den kleinen Erste-Hilfe-Kasten öffnete.

„Mom, wir müssen noch mal in dem Auto nachsehen“, bat Jani verzweifelt. Als ihre Mutter verwirrt zu ihr aufsah, fügte sie hinzu: „Das ist doch Haileys Mutter, stimmt's?“

„Wer ist das?“, wollte Janis Vater wissen.

„Haileys Mutter. Hailey war auch im Theater. Und vielleicht saß sogar Elaine mit in dem Auto ...“

Den drei Erwachsenen dämmerte, was das bedeutete. Entsetzen malte sich auf ihre Gesichter.

„Hier, nimm die Taschenlampe!“, befahl Janis Mutter und drückte ihrem Mann die Lampe in die Hand.

Wortlos rannte Janis Vater zurück zur Böschung und ließ sich hinunterrutschen. Kurz darauf hörte man ihn hektisch durch das Wasser waten. Der Lichtkegel hüpfte auf dem dunklen Fluss hin und her. Als der Schein das Auto erhellte, krachte der Donner los. Das Nachgrollen schien gar nicht mehr aufhören zu wollen, während Jani atemlos beobachtete, wie der Lichtkegel der Lampe erst den Rücksitz und dann den Beifahrersitz ableuchtete.

Als ihr Vater die Taschenlampe vom Auto weg auf den

schwarzen Fluss richtete, stockte Jani der Atem. Selbst von der Straße aus konnte sie sehen, wie stark die Strömung war. Ihrem Vater ging das Wasser nur bis zu den Oberschenkeln, aber einem Mädchen in Haileys Alter würde es bis zur Hüfte reichen – und ein Stück weiter draußen war es bestimmt noch tiefer. Und wenn Hailey verletzt war ... welche Überlebenschance hatte sie dann wohl?

„Hailey!“, hörte Jani ihren Vater schreien. „Elaine!“

Jani stimmte ein: „Hailey! Elaine!“

Blinkende Lichter und Sirenengeheul! Jani wirbelte herum und sah, wie ein Rettungswagen am Straßenrand anhielt. Zwei Sanitäter sprangen heraus und kümmerten sich sofort um die bewusstlose Frau. Kurz darauf traf ein Polizeiwagen ein. Beatrice sprach mit den Beamten und einer von ihnen kam mit raschen Schritten auf Jani zu, während die beiden anderen ihre Mutter befragten.

„Bist du sicher, dass noch ein Mädchen im Auto war?“

„Nein ... ja ... ich meine ... ich ...“

Der Polizist beugte sich zu Jani hinunter und sah ihr in die Augen. „Lass dir Zeit. Sag mir einfach, was du weißt.“

„Ich habe diese Frau vorhin mit Hailey im Theater gesehen ... ich dachte noch, dass Hailey ihr total ähnlich sieht. Deshalb ging ich davon aus, dass das ihre Mutter ist.“

„Wie alt ist Hailey? Wie sieht sie aus?“

„Sie ist etwa zehn, hat lange, rotbraune Haare und viele Sommersprossen. Ihre Freundin Elaine war auch mit im Theater. Aber ob Hailey und ihre Mutter sie im Auto mitgenommen haben, weiß ich nicht.“

Ein zweiter Polizist kam herbeigelaufen. Sein Gesicht war bleich. „Die Frau ist wieder bei Bewusstsein. Sie hat gerade bestätigt, dass ihre Tochter mit im Auto saß.“

„Und sonst niemand?“

„Nein.“

„Beginnen Sie mit der Suche!“, ordnete der erste Polizist an. „Ich rufe einen Suchtrupp und eine Rettungsmannschaft.“

Jani verbrachte Stunden um Stunden zusammengerollt auf dem Rücksitz. Die Nacht schien kein Ende zu nehmen. Nach und nach waren immer mehr Menschen eingetroffen – Polizisten, Taucher und Männer in hüfthohen Watstiefeln. Alle waren draußen unterwegs, um nach Hailey zu suchen, nur sie nicht. Sie durfte nicht mit. Jani versuchte zu schlafen, aber jedes Mal, wenn sie die Augen schloss, sah sie Haileys verängstigtes Gesicht vor sich – so, wie sie es von ihrer Begegnung am Nachmittag in Erinnerung hatte: blass vor Angst und voller Sommersprossen, die wie orangefarbene Tupfen auf ihrer Nase und ihren Wangen leuchteten.

Es gab nur einen Gedanken, der sie etwas tröstete: dass Freedom und Keeta in ihrem warmen Stall waren. Bestimmt schliefen sie gerade. Sie hatten es behaglich und konnten sich in Sicherheit fühlen – trotz des Regens, der unerbittlich herunterprasselte und den Fluss immer schneller anschwellen ließ, wodurch die Gefahr mit jeder Minute stieg.

Arme Hailey ...

Die Wagentür wurde geöffnet und Janis Mutter schlüpfte auf den Fahrersitz. Sie drehte sich um und sah ihre Tochter voller Mitgefühl an. „Alles in Ordnung, Liebes?“

„Ja, ja, mir geht's gut“, schwindelte Jani. „Haben sie sie gefunden?“

„Noch nicht.“

Zwei dicke Tränen rollten über Janis Wangen.

„Ich fahr dich nach Hause. Du musst dich ausruhen."

„Wo ist Dad?"

„Er hilft immer noch bei der Suche." Janis Mutter legte den Sicherheitsgurt an und startete den Motor.

Jani rappelte sich auf und schnallte sich ebenfalls an. „Weiß man schon, wie das passiert ist? Ich meine, warum sie von der Straße abgekommen sind?"

„Die Polizei vermutet, dass es Aquaplaning war. Das passiert, wenn auf der Fahrbahn ein Wasserfilm liegt und die Reifen keinen Fahrbahnkontakt mehr haben. Dann gerät ein Auto ins Schwimmen. So hat Haileys Mutter wohl die Kontrolle über das Fahrzeug verloren." Die Stimme von Janis Mutter zitterte. „Anscheinend ist sie für die Straßenverhältnisse mit zu hoher Geschwindigkeit gefahren."

„Und Hailey?"

„Sie sind sich noch nicht ganz sicher, wie sie in den Fluss geraten ist, aber die Beifahrertür war offen. Vielleicht hat sie versucht, sich aus dem Auto zu befreien, und wurde dabei von der Strömung erfasst und abgetrieben. Glücklicherweise war sie angeschnallt, sonst wäre sie bei dem Aufprall wohl durch die Windschutzscheibe geschleudert worden. Aber so hat sie wenigstens eine Chance ..."

Jani griff nach ihrem Gurt, um sicherzugehen, dass er wirklich fest eingeklinkt war. „Ich hab sie heute Nachmittag beim Stall getroffen. Sie hat gesagt ..." Jani hielt inne. Sie hatte einen Kloß im Hals und konnte nicht weitersprechen.

„Mach dir keine Sorgen, Liebes. Sie finden sie bald."

„Ja", schluchzte Jani. Sie musste einfach fest daran glauben. „Mom, kann ich heute Nacht bei dir schlafen?"

„Aber sicher. Dann sind wir beide nicht so einsam."

FREEDOM

Freedom ging ruhelos an ihrer Mutter vorbei und wieder zurück. Immer und immer wieder. Irgendwas war geschehen ... das wusste sie genau. Das spürte sie in den tiefsten Tiefen ihres Herzens.

Das fremde Mädchen war von eisiger Kälte umgeben ...

Keeta öffnete die Augen und wieherte leise. Freedom blieb stehen, um sich kurz an den Hals ihrer Mutter zu schmiegen, aber dann trieb es sie weiter.

Sie musste dem Mädchen helfen – aber wie?

Keeta seufzte, und Freedom hatte Mitleid mit ihrer Mutter, die sich offenbar Sorgen um sie machte. In den letzten Stunden hatte die Scheckstute ihr Fohlen mehrmals dazu aufgefordert, sich endlich schlafen zu legen, und Freedom hatte sich auch bemüht, einzuschlafen. Aber dann, ohne ihr Zutun, hatten ihre Beine wieder zu zucken angefangen und sie war wieder unruhig in der Box herumgelaufen.

Was war mit dem Mädchen passiert?

Bald schien das fahle Tageslicht durch das Stallfenster herein. An diesem Morgen würde es keinen Sonnenaufgang geben – zu dick war die Wolkendecke und zu heftig der Regen. Freedoms Angst wurde immer größer. Das Mädchen brauchte so dringend ihre Hilfe, und sie war in diesem Stall eingeschlossen und konnte nichts anderes tun, als rastlos hin und her zu trotten.

HAILEY

Ihr war so kalt – oder zumindest glaubte Hailey, dass ihr kalt war. Eigentlich fühlte sie gar nichts, denn ihre Hände und Füße waren wie abgestorben. Allerdings merkte sie, wie ihr eiskalte Kiesel gegen den Rücken prallten. Sie versuchte sich umzudrehen, und Schmerz durchzuckte sie, als sie mit dem Kopf an einen Felsen stieß. Auch ihre Arme und Beine schienen vor Kälte vollkommen taub. Aber sie konnte ihre Beine noch bewegen ...

Sie öffnete die Augen. Um sie herum war es dämmrig, noch nicht ganz Morgen. Über ihr ragten hohe Bäume auf und darüber hingen dicke Wolken. Das Tosen und Rauschen des Wassers übertönte alle Geräusche ringsum – bis auf einen Vogel, der irgendwo in der Nähe sein einsames Morgenlied sang. Und dann hörte sie auf einmal ein Geräusch, als würde jemand Holz hacken.

Wo war sie?

Sie rappelte sich hoch zum Sitzen. Vor sich erkannte sie den dunklen Fluss, der rasend schnell an ihr vorbeiströmte. Ihr Fuß hatte sich im Wasser in irgendetwas verfangen, aber als sie an ihrem Bein zog, ließ es sich keinen Millimeter bewegen. Sie umklammerte es mit beiden Händen und irgendwie gelang es ihr dann doch, es frei zu bekommen und dem eiskalten Griff des Flusses zu entwinden.

Wie war sie hierhergeraten? Sie hatte keine Ahnung, wo

sie war. Vielleicht konnte sie den Holzfäller fragen, der in dem Wald da drüben zugange war. Vielleicht hatte der ja etwas mitbekommen. Sie hörte die Axt immer noch.

„Hallo?" Ihre Stimme klang sehr kläglich und wurde vom tosenden Wasser verschluckt. Von dieser Stelle aus würde sie kein Mensch hören. Sie musste weg von dem Fluss – irgendwohin, wo es leiser war.

Aber erst einmal musste sie dafür sorgen, dass sie ihre Beine wieder gebrauchen konnte. Mit schmerzenden Händen begann sie, sie behutsam zu massieren. Die Haut an ihren Händen waren ganz aufgequollen. Sie versuchte vorsichtig, ein Knie zu beugen – erst einmal nur ein Stückchen. Dann legte sie das Bein wieder ab und versuchte es mit dem anderen. So weit, so gut.

Schließlich wagte sie sich, größere Bewegungen zu machen. Als sich das Blut in ihren Adern allmählich wieder erwärmte, spürte sie ein schmerzhaftes Kribbeln. Das Gefühl kehrte wieder in ihre Gliedmaßen zurück – und das tat verflixt weh. Aber sie gab nicht auf. Noch ein paar Minuten und dann würde sie endlich von diesem schrecklichen Fluss weglaufen. Das Wasser war inzwischen schon wieder etliche Zentimeter angestiegen ...

Als sie dachte, dass sie so weit war, ging sie auf alle viere und kroch vom Ufer weg. Tannenzapfen und Steinchen schnitten in ihre zerschundenen Handflächen, aber sie biss die Zähne zusammen und krabbelte weiter, fest entschlossen, sich von nichts aufhalten zu lassen – bis ihr auf einmal schwindlig wurde und sie zusammensackte.

Nach einiger Zeit erwachte sie aus der Bewusstlosigkeit. Ihre linke Wange war an ein weiches Moospolster gepresst, das mit Tannennadeln gespickt war. Als sie ein Auge öffnete, spazierte wenige Zentimeter von ihr entfernt eine Ameise vorbei. Im nächsten Moment hörte sie die Axt wieder – diesmal klang sie schon viel näher.

„Hallo ... ist da jemand?“, rief sie mit schwacher Stimme, ohne den Kopf anzuheben. Sie konnte sich nicht mehr bewegen. Die Muskeln in ihrem Körper waren entweder taub und gefühllos oder kribbelten und brannten wie Feuer.

Niemand antwortete. Sie schauderte und schloss verzweifelt die Augen. Irgendwie musste sie es schaffen, sich aufzurappeln und zu gehen! Ganz langsam setzte sie sich auf und rieb sich die Schläfen. Hinter ihrem rechten Ohr fühlte sie eine Schwellung. Anscheinend war sie gestürzt und war mit dem Kopf gegen etwas geprallt ... Wieso konnte sie sich nicht daran erinnern, was geschehen war? Wie war sie bloß an dieses Flussufer geraten? Als sie sich umsah, kam ihr überhaupt nichts bekannt vor.

Sie zog mit aller Kraft die Beine an und erhob sich mit zittrigen Knien, bis sie stand. Nun konnte sie auch ihre Füße wieder spüren ... leider. Die Sohlen brannten, ihre Zehen waren wie abgestorben – aber wenigstens kam sie nun voran.

Sie ging einen Schritt und war überrascht, dass sie nicht sofort wieder hinfiel. Rasch kehrten ihre Kräfte zurück. Okay, also aus welcher Richtung waren die Geräusche des Holzfällers gekommen – von rechts oder von links?

Das Gehen war immer noch recht mühsam und für wenige Meter brauchte sie eine Ewigkeit. Wenn ihr Körper doch nur schon wieder voll funktionsfähig wäre – und wenn es bloß nicht so viele Hindernisse gäbe, denen man ausweichen musste: Wurzeln, Zapfen, tief hängende Äste, Sträucher, Felsen. Wenn sie nur nicht weggelaufen wäre ... oder was immer mit ihr passiert war, bevor sie hier gelandet war. Wenn, wenn, wenn ...

Als Hailey den Waldrand erreichte, blieb sie stehen. Am anderen Ende der Lichtung sah sie einen älteren Mann in einer schwarz-rotkarierten Jacke, der Holzscheite vom Boden aufhob und auf einen Schubkarren lud.

„Hallo!“, rief sie.

Der Mann erstarrte. Er richtete sich auf und blickte zu ihr.

„Ich bin hingefallen und habe mir den Kopf angehauen. Ich bin ...“ Sie stockte und hielt inne, den Mund immer noch geöffnet. Sie konnte sich nicht an ihren Namen erinnern! Diese Erkenntnis durchzuckte sie wie ein Blitz.

Der Mann kam mit raschen Schritten auf sie zu. „Um Himmels willen! Was ist denn passiert? Bist du in den Fluss gefallen?“, fragte er. Dann zog er seine dicke Jacke aus und legte sie ihr behutsam um die Schultern.

„Ich weiß nicht ...“

„Deine Kleider sind patschnass.“

Sie schaute verwundert an sich herunter. Ach ja, stimmte ja ... „Ich kann mich an nichts erinnern.“

Sie sah zu dem Mann hoch. Er hatte ein freundliches, wettergegerbtes Gesicht und warme Augen. „Kennen Sie mich?“, fragte sie. „Oder kenne ich Sie ...?“

Der Mann zwinkerte verwirrt. „Wie meinst du das?“

„Ich weiß nicht, wer ich bin.“ Sie zog sich die Jacke fester um den Körper. „Sie kennen mich nicht ... oder?“ Wenn er nur „Doch“ sagen würde – dann bräuchte sie nicht so schreckliche Angst zu haben und sich nicht so ausgeliefert und verletzlich zu fühlen.

„Wir müssen sehen, dass wir dich ins Trockene bringen und dich warm bekommen.“

„Aber kenne ich Sie vielleicht?“, hakte sie nach und trat unsicher einen Schritt zurück. Warum antwortete er nicht?

Der Mann schaute mit einem seltsamen Gesichtsausdruck auf Hailey herab. „Ja“, erwiderte er dann mit fester Stimme. „Ich bin dein Großvater.“

„Und warum kann ich mich nicht an Sie ... äh ... an dich erinnern?“

„Anscheinend hast du einen Schock. Außerdem musst du so rasch wie möglich ins Warme. Darf ich dich tragen?“

Hailey zog die Jacke noch fester um sich und die Wärme drang wie lindernder Balsam in ihre Haut. „Okay. Aber sag – wie heiße ich, Großvater?“

Für einen kurzen Augenblick schien es ihr, als würde der Mann in Tränen ausbrechen, aber gleich darauf schaute er wieder ganz normal. „Wahrscheinlich habe ich mir das nur eingebildet“, dachte sie. Warum sollte er denn weinen?

„Jenny“, sagte er leise. „Du heißt Jenny.“

Hailey nickte. Der Name kam ihr nicht mal ansatzweise vertraut vor und der Mann ebenso wenig. Und wenn sie sich umsah, kam ihr hier überhaupt nichts bekannt vor. Aber offenbar war er wirklich ihr Großvater. Warum sollte er sonst so besorgt sein?

Als er sie auf den Arm nahm, lehnte sie den Kopf an seine Schulter. Ihr fielen vor Erschöpfung fast die Augen zu, aber sie versuchte, dagegen anzukämpfen. Sie wollte unbedingt sehen, wo sie zu Hause war. Vielleicht würde sie ja dann etwas wiedererkennen. Aber die wohlige Wärme, seine starken Arme und sein gleichmäßiger Schritt lullten sie schließlich ein. Sie fühlte sich sicher und sah keinen Grund mehr, unbedingt wach zu bleiben. Wenn sie daheim waren, würde sie sich bestimmt gleich wieder an alles erinnern.

JANI

Jani hörte Tassen klappern. Unten in der Küche schien jemand den Morgenkaffee zu machen. Sie schlug die Bettdecke zurück und eilte die Treppe hinunter in die Küche. Ihr Vater stand neben dem Spülbecken. Im fahlen Morgenlicht wirkte er noch älter und erschöpfter als am Vorabend. Anscheinend hatte er kaum geschlafen. Sein Gesicht war grau und unter den geschwollenen Augen zeichneten sich tiefe Ringe ab. Als er mit seinem Kaffeebecher zum Tisch hinüberging, sah er Jani kommen und rang sich ein Lächeln ab.

„Habt ihr sie gefunden?“, fragte sie.

„Noch nicht.“

Jani ließ sich auf einen Küchenstuhl fallen. „Das bedeutet also ...“

„Sie kann immer noch am Leben sein. Zumindest besteht noch eine Chance.“

Jani sah ihn hoffnungsvoll an. „Meinst du?“

„Ja“, entgegnete er leise und wandte sich dann rasch ab. „Wir werden weiter das Ufer absuchen – mit Pferden, Motorrädern, was immer verfügbar ist“, fuhr er fort. „Ich würde gerne Keeta nehmen, falls du ...“

„Aber ich will auch mit!“, bettelte Jani. Sie sprang auf und flitzte zum Telefon. „Vielleicht können die von den Evergreen Stables uns ja ein Pferd leihen. Keeta ist ohnehin zu klein für dich.“

„Aber wir müssen spätestens in einer Stunde los – eigentlich schon früher“, meinte ihr Vater und sah auf seine Uhr.

Janis Mutter kam in die Küche. „Genug Zeit für ein kräftiges Frühstück“, sagte sie und holte eine Pfanne aus dem Schrank. „Wie viele Eier soll ich euch braten?“

Obwohl sie weder von Jani noch von ihrem Mann eine Antwort bekam, gab sie etwas Öl in die Pfanne und schaltete den Herd auf mittlere Stufe.

Jani wählte eine Nummer und hielt wartend den Hörer ans Ohr.

Endlich antwortete eine Männerstimme. „Evergreen Stables, guten Morgen!“

„Hallo ... Mr. Regan? Hier spricht Jani Preston. Tut mir leid, dass ich so früh anrufe, aber es ist ein Notfall. Könnten Sie uns eventuell ein Pferd leihen, damit wir uns an der Suche nach dem vermissten Mädchen beteiligen können?“

„Zwei Pferde, Jani ...“, warf ihre Mutter ein.

„Ich meine, zwei Pferde – für meine Eltern. Die beiden können ganz gut reiten.“

Kurz danach legte Jani den Hörer auf und drehte sich zu ihren Eltern um. „Er wird zwei Pferde zu Wilson rüberbringen – dort treffen sich ja alle.“

„Oh, das ist eine große Hilfe!“, bemerkte Janis Mutter.

„Er will selbst mitsuchen und Penny auch. Sie ist schon dort und sattelt gerade Sunny.“

„Das gibt dir noch eine halbe Stunde Zeit, Dave ... Warum legst du dich nicht noch mal kurz aufs Ohr?“

Janis Vater starrte wortlos in seinen Kaffeebecher.

„Dave!“

Er schrak zusammen und schaute sie mit trüben Augen an. „Ja? Was ist denn?“

„Du kannst dich noch mal eine halbe Stunde hinlegen und ausruhen, Schatz“, wiederholte Janis Mutter und schlug ein Ei in die Pfanne. „Ich mache dir ein Eier-Sandwich. Das kannst du dann auf der Fahrt rüber zu Wilson essen.“

Janis Vater nickte und schlurfte aus der Küche.

„Ich mach Keeta fertig“, beschloss Jani.

„Aber sei in einer Viertelstunde zurück. Du musst was im Bauch haben, genau wie dein Vater“, entgegnete ihre Mutter in einem Tonfall, der keine Widerrede duldete.

Jani nickte, obwohl sie überhaupt keinen Hunger hatte. Jetzt war keine Zeit für Diskussionen. Sie zog sich eine Jacke über, darüber eine Regenhaut, und ging zur Hintertür hinaus. Als sie ins Freie trat, peitschte ihr eine Windböe eine Ladung Regen direkt ins Gesicht.

Kurz danach, im Stall, kam sie sich wie in einer anderen Welt vor – einer Welt voller Ruhe und Behaglichkeit. Keeta wirkte sehr ausgeglichen, als sie ihren Kopf über die Boxentür streckte. Jani strich ihr rasch über die Stirn, bevor sie zum Futtereimer hinüberging, um der Stute etwas Hafer zu bringen. Sie war froh, dass sie ihr am Vorabend eine Extraportion Heu gegeben hatte. In der Futterkrippe war sogar noch etwas übrig – Keeta würde ihr Frühstück also nicht vermissen.

Mit wenigen sicheren Bewegungen striegelte Jani Keetas rot-weißes Fell, bis es im dämmrigen Morgenlicht schimmerte. Als sie damit fertig war, versuchte sie, auch Freedom abzubürsten, aber das Fohlen war unruhig und stand keine Sekunde still.

„Du spürst, dass etwas nicht in Ordnung ist, nicht wahr, meine Kleine?“, murmelte Jani. „Es geht um Hailey. Sie ist verschwunden. Wir müssen sie unbedingt finden ...“ Als Jani aus Freedoms klaren, blauen Augen wissendes Verständnis entgegenstrahlte, hielt sie verblüfft inne. „Aber anscheinend weißt du das ja alles schon ...“

Noch während Jani das sagte, runzelte sie die Stirn. Sicher, Freedom war ein bemerkenswertes Pferd. Jani hatte sie als ruhelose Geisterseele kennengelernt – aufgezehrt von Hass und gefangen in dem Stall, der einst auf dem Grundstück gestanden hatte. Nachdem sie und Penny dieser Geisterseele geholfen hatten, ihre schlimme Vergangenheit zu vergessen und den Stall zu verlassen, war Freedom als ein anderes Pferd zu Jani zurückgekehrt: in Gestalt von Keetas Fohlen. Aber egal, was an Freedom einzigartig und besonders sein mochte – es war wohl naiv, anzunehmen, das Tier könnte womöglich wissen, was sich in der vergangenen Nacht am Fluss zugetragen hatte.

Als Keeta ihren Hafer gefressen hatte, waren die Pferde aufbruchsbereit. Jani drückte den beiden rasch einen Kuss auf die samtweichen Mäuler. „Ich bin gleich zurück“, sagte sie. Dann verließ sie den Stall und wollte gerade die Tür zumachen, als sie einen Widerstand spürte. Freedom versuchte, sich an ihr vorbei ins Freie zu drängen.

Geduldig schob Jani das Fohlen in die Box zurück. „Wir werden früh genug unterwegs sein, Freedom“, meinte sie, als der Riegel eingerastet war. „Bald machen wir uns auf die Suche ...“

HAILEY

Hailey öffnete die Augen und blickte auf eine schmutziggraue Zimmerdecke. In der Ecke über ihrem Kopf schwebte ein feines Gewebe – war das etwa ein Spinnennetz? Sie schauderte. Aus irgendeinem Grund konnte sie sich daran erinnern, dass sie Spinnen verabscheute ...

Sie drehte den Kopf, in der Hoffnung, von dem Rest des Raumes irgendetwas wiederzuerkennen. An der Wand gegenüber des Bettes stand eine schäbige Kommode, daneben ein alter Sessel. Über der Lehne hing ihre Jacke.

Unter der Bettdecke rieb sie sich mit der Hand über den Magen und tastete dann an ihren Beinen entlang. Gott sei Dank! Sie trug immer noch ihre nassen Kleider. Dass ihr Großvater sie nach Hause getragen hatte, war eine Sache, aber sie hätte nicht gewollt, dass er sie auszog, als wäre sie ein kleines Kind. Das wäre ihr peinlich gewesen.

Jetzt gab es allerdings keinen Grund mehr, das feuchte Zeug noch länger anzubehalten. Irgendwo mussten hier doch saubere, trockene Sachen sein – vielleicht in einem Koffer, wenn sie nur zu Besuch hier war. Oder, falls sie hier wohnte, in einer der Schubladen oder in dem Kleiderschrank da drüben.

Sie setzte sich auf, stöhnte und sank wieder zurück. Sobald sie sich bewegte, setzte sofort wieder diese Benommenheit ein, diesmal dazu noch Schwindel und Übelkeit.

Na ja, egal – ausziehen konnte sie sich auch später. Unter der schweren Steppdecke war es mollig warm. Sie schloss wieder die Augen. Wenn sie noch ein bisschen weiterschlief, würden ihre Kleider nach dem Aufwachen vielleicht von selbst getrocknet sein. Und hoffentlich würde sie sich dann auch besser fühlen und sich wieder an alles erinnern können. Das Gefühl, nicht genau zu wissen, wer sie war, verursachte ihr ziemliches Unbehagen. Im Moment kamen ihr nicht mal ihr Großvater und ihr eigener Name bekannt vor. Aber irgendwie hatte sie den Eindruck, als ob ihr Gedächtnis gar nicht so tief verschüttet war, als ob ihre Erinnerungen nur darauf lauerten, wieder hervorzukommen – wie ein Wort, das einem auf der Zunge liegt, gerade aber einfach nicht einfällt. Das konnte doch nur bedeuten, dass sie ihr Gedächtnis bald wiedererlangen würde – oder?

Hatte sie Eltern? Geschwister? Irgendwie hatte sie das Gefühl, dass sie eine Familie hatte.

„Großvater?", rief sie. Sie hoffte, dass er in der Nähe wäre und all ihre Fragen beantworten könnte.

Aber es kam keine Antwort. Wahrscheinlich war er wieder in den Wald gegangen, um Brennholz zu hacken.

Hailey schloss wieder die Augen. Sie würde ihn später ausfragen, wenn er wieder daheim war – und bis dahin würde sie schlafen. Sie verspürte immer noch eine bleierne Müdigkeit. Eigentlich komisch, denn irgendwie hatte sie das Gefühl, als hätte sie bereits tagelang geschlafen.

JANI

Jani und Penny bildeten das Schlusslicht des Suchtrupps, um Freedom von den anderen Pferden fernzuhalten. Keeta mochte es nicht, wenn fremde Artgenossen ihrem Fohlen zu nah kamen und auch für Jani wurde es mühsam, wenn sich mehrere Pferde um das schwarze Fohlen scharten. Sie behandelten Freedom in der Regel wie eine Prinzessin und wollten sie dauernd berühren oder buhlten um ihre Aufmerksamkeit, als wollten sie sich in ihrem Glanz sonnen. Auch Penny war das schon aufgefallen und manchmal nannte sie das Fohlen scherzhaft „Ihre Majestät“. Freedom fühlte sich durch das Verhalten anderer Pferde allerdings nicht im Geringsten eingeschüchtert – im Gegenteil. Sie schien die Aufmerksamkeit direkt herauszufordern.

„Wow ...“, entfuhr es Penny, als sie um eine Wegbiegung kamen. Ihr Palomino-Wallach Sunny hob den Kopf.

Jani riss die Augen auf. Der alte Waldweg endete an einer Holzbrücke – und der Fluss darunter war reißender und gefährlicher, als sie ihn je gesehen hatte. Der braune Strom floss auf der gleichen Höhe, auf der das Ufer verlief. Wenn der Wasserpegel nicht bald fiel, würde er die angrenzenden Flächen überschwemmen und dabei Bäume und Sträucher mit sich reißen. Der Gedanke, dass Hailey hilflos in diesen unheilvollen Strudeln dahintrieb, war unerträglich.

„Hoffentlich ist die Brücke stabil“, meinte Penny.

„Das hoffe ich auch“, erwiderte Jani. Sie beobachtete aufmerksam, wie die Pferde vor ihnen reagierten. Die ersten beiden schauten mit geweiteten Augen zum anderen Ufer und trippelten dann im Eiltempo über die Brücke. Ein dritter Reiter folgte ihnen. Andere Pferde tasteten sich zunächst vorsichtig ein paar Schritte vorwärts, bis sie etwa in der Mitte waren. Dort fielen sie in einen hektischen Trab, um die Holzplanken möglichst schnell hinter sich zu lassen.

Nur ein Pferd weigerte sich zunächst, die Brücke zu überqueren – Rain Shadow. Aber Elaine drängte den großen Wallach nicht, sondern erlaubte ihm erst mal, stehen zu bleiben und die Brücke zu beschnuppern, während die anderen Pferde an ihm vorbeitrabten. Nachdem ihn vier Reiter passiert hatten, beschloss Rain Shadow, dass er es wohl auch wagen könnte, und lief tapfer los.

Als Jani und Penny an der Reihe waren, zog Jani den Strick straff, an dem sie Freedom mitführte. Das Fohlen lief nun direkt hinter seiner Mutter Keeta, und es starrte mit seinen großen, blauen Augen besorgt auf den reißenden Strom. „Keine Bange, meine Kleine“, murmelte Jani. „Halt dich einfach dicht an deiner Mutter.“ Und als ob das Fohlen ihre Worte verstanden hätte, rückte es noch ein Stück näher an die Stute heran.

Als alle Reiter das andere Ufer erreicht hatten, teilten sie sich in Dreiergruppen auf. Jani, Penny und Janis Vater würden den Uferstreifen rechts von der Brücke abreiten.

Janis Mutter, Elaine und Mr. Regan bildeten eine weitere Gruppe. Sie würden etwa zwei Meilen weit den alten Waldweg und die angrenzenden Wege flussabwärts absuchen. Die übrigen beiden Gruppen würden sich links halten. Das andere Ufer wurde bereits von Leuten mit Motorrädern und zu Fuß durchforstet.

„Elaine, alles okay mit dir?“, fragte Jani und ritt zu Haileys bester Freundin hinüber.

Elaine war bleich und in ihren Augen stand große Sorge. Sie nickte nur stumm – anscheinend brachte sie vor Kummer kein Wort hervor. Es musste furchtbar sein, wenn die beste Freundin verschwunden und möglicherweise ertrunken war. Für Jani wäre das der absolute Albtraum.

„Wir tun alle unser Bestes, um sie zu finden“, sagte Jani. Sie hatte das Gefühl, als müsste sie irgendetwas Positives sagen. Jani sah, wie der anderen dicke Tränen über die Wangen kullerten. Da sie nicht wusste, was sie Elaine sonst noch Tröstendes sagen könnte, lenkte sie Keeta zu ihrer Gruppe. Sie winkte ihrer Mutter hinterher, als die auf Champagne, einer hübschen Cremello-Stute, die Mr. Regan ihr für die Suche geliehen hatte, losritt. Elaine trieb ihr Pferd an und folgte Champagne.

„Seid ihr so weit, Mädels?“, fragte Janis Vater und kam auf dem riesigen, kastanienbraunen Wallach Apollo auf die beiden zu. Apollo war das ideale Reitpferd für Janis Vater: ruhig, verständig und auf unwegsamem Gelände sehr trittsicher. Egal, wie unerfahren sein Reiter war – er ließ ihn nicht im Stich. Wie so viele andere Pferde fühlte er sich sofort zu Freedom hingezogen und kam auf das Fohlen zugetänzelt, bis Keeta gereizt die Ohren anlegte.

„Von mir aus kann's losgehen“, sagte Penny.

„Ich bin auch bereit“, fügte Jani hinzu und beugte sich nach unten, um den Führstrick aus dem Halfter des Fohlens auszuklinken. Freedom konnte auf dieser Suche eine wertvolle Hilfe sein. Sie würde Dinge bemerken, die ein Mensch leicht übersehen konnte und auf die die anderen Pferde wegen ihrer Reiter nicht von selbst reagieren konnten.

„Also: Wir halten nach allem Ausschau, was irgendwie ungewöhnlich ist", erklärte Janis Vater. „Ein Stofffetzen, ein Schuh, Spuren, die vom Ufer wegführen – egal was."

„Mr. Preston?", fragte Penny, als die drei in den Wald hineinritten. „Glauben Sie, dass wir sie finden?"

„Ja", erwiderte er.

Als Jani hörte, wie fest und überzeugt die Stimme ihres Vaters klang, straffte sie die Schultern. Aus seiner Antwort war eine Zuversicht herauszuhören, die ihr Hoffnung machte – obwohl rein rational betrachtet eigentlich kaum noch eine Chance bestand, Hailey lebend zu finden. Der Fluss war einfach zu wild und die Strömung zu reißend.

„Ich reite direkt am Ufer", meinte Janis Vater. „Penny, du reitest mit etwa zehn Metern Abstand neben mir. Und Jani – du suchst weitere zehn Meter von Penny entfernt. Wir halten uns alle parallel nebeneinander."

„Okay", erwiderte Penny und lenkte Sunny von Apollo weg.

„Na komm, Freedom", forderte Jani das Fohlen auf und lenkte Keeta weiter in das Gesträuch hinein.

Das Gelände war unwegsam und mehr als einmal verlor Jani ihren Vater und Penny hinter all den Bäumen aus den Augen – aber sie wusste ja, dass sie ganz in der Nähe waren. Sie war froh, dass sie Freedom dabeihatte. Es war ziemlich schwierig, in dem dichten Gestrüpp ringsum alles zu untersuchen. Was wäre, wenn Hailey es geschafft hätte, aus dem Fluss zu kriechen, und auf der anderen Seite dieses Baumstamms da drüben lag?

Freedom bewegte sich wie ein dunkler Schatten behände

zwischen den Bäumen, lief kreuz und quer durch die Büsche und kontrollierte jeden Winkel. Einmal konnte Jani sogar beobachten, wie das Fohlen in die Baumkronen hinaufsah. Es schien genau zu wissen, dass sie nach irgendetwas suchten – aber was, das konnte es doch unmöglich ahnen, fand Jani. Vielleicht war es aber auch einfach nur neugierig wie alle jungen Pferde. Da Jani noch nie zuvor ein Fohlen besessen hatte, war sie sich nicht sicher, wie Freedoms Verhalten zu deuten war.

Langsam, aber sicher arbeiteten sich die drei Reiter am Fluss entlang und hielten sich durch Zurufe gegenseitig auf dem Laufenden, obwohl es nichts Außergewöhnliches zu berichten gab. Bisher waren sie nur auf Bäume, Sträucher, Moos, Felsen und Tierspuren gestoßen.

Sie waren bereits eine knappe Stunde unterwegs, als Jani plötzlich merkte, dass Freedom nicht mehr in Sichtweite war. „Freedom!“, rief sie und hielt Keeta an.

„Was ist los, Jani?“, schrie ihr Vater vom Ufer aus.

„Ist Freedom bei euch? Könnt ihr sie sehen?“

„Nein, hier ist sie nicht vorbeigekommen.“

„Bei mir auch nicht“, war Penny zu vernehmen. Sie zügelte Sunny und sah besorgt zu Jani hinüber.

„Freeeedom!“

Keeta begann laut zu wiehern, um ihr Fohlen zu sich zu rufen. Auf einmal raschelte es im Gebüsch und Jani riss die Stute herum – aber da war nur ihr Vater, der vom Ufer aus zu ihr geritten war.

„Sieh zu, dass du sie findest, Jani! Und dann nimm sie wieder an den Führstrick. Wir dürfen keine Zeit verplempern.“ Er warf einen Blick gen Himmel.

Jani schaute ebenfalls nach oben. Über den Baumwipfeln

hingen tiefe, dunkle Regenwolken. Sie lenkte Keeta weiter in den Wald hinein und die Stute lief sofort willig los – sie schien genauso besorgt um ihr Fohlen zu sein wie Jani.

„Freeeedom!“ Als wieder keine Antwort kam, drehte sich Jani um und rief über die Schulter zurück: „Sucht ihr schon mal weiter! Ich fang sie ein und komme dann nach.“

Keeta trabte rasch los, und durch das Knacken der Zweige hörte Jani nicht, was ihr Vater oder Penny antworteten. Die Stute schlängelte sich zwischen den Bäumen hindurch. Jani sah, dass sie die Spur eines Tieres aufgenommen hatte.

Ein paar Meter weiter führte die Spur aus dem dichten Wald heraus und geradewegs auf eine Lichtung. Und genau dort stand Freedom und schnupperte an den frisch gehackten Holzscheiten, die dort herumlagen.

Als Keeta ihre Tochter sah, entspannte sie sich sofort, aber Jani ließ sie weitertraben, bis sie neben dem Fohlen standen. „Na komm schon, Freedom! Dad und Penny warten schon auf uns“, sagte sie und ließ sich mit dem Führstrick in der rechten Hand aus dem Sattel gleiten. Sie tätschelte Freedom den Hals. „Was willst du denn hier? Da hat jemand Brennholz für den Winter gemacht; das ist alles.“

Sie klinkte den Strick ins Halfter ein und stieg wieder in den Sattel. Anschließend nahmen alle drei den Weg zurück, den sie gekommen waren.

Janis Vater und Penny warteten auf sie, und Jani berichtete knapp, wo sie Freedom gefunden hatte.

„Waren die Holzstücke an der Schnittstelle hell?“, wollte ihr Vater wissen.

Jani zuckte mit den Achseln. „Ja, warum?“

„Dann wurde das Holz erst vor Kurzem gehackt. Wir reiten hin und sehen uns das noch mal an.“

Bevor sie Penny und ihrem Vater folgte, ließ Jani das Fohlen wieder frei. „Anscheinend hattest du mal wieder den richtigen Riecher, Freedom", sagte sie.

Das Fohlen wieherte ihr kurz zu und lief dann den anderen nach.

Ein paar Minuten später standen sie auf der Lichtung. Janis Vater betrachtete sich die Holzscheite genau, und anschließend wanderte sein Blick zu der halb beladenen Schubkarre, die ganz in der Nähe stand. „Hier wurde scheinbar alles stehen und liegen gelassen", kombinierte er. „Ich frage mich, warum ..."

„Vielleicht war Mittagspause", meinte Jani.

„Aber es hätte doch nur noch ein paar Minuten gedauert, die Schubkarre vollzuladen – und dann hätten sie noch eine weitere ganze Fuhre daheim gehabt", wandte Penny ein.

„Ja, die müssen hier irgendwo in der Nähe wohnen", überlegte Janis Vater. „Niemand würde eine Schubkarre mit Brennholz im Wald über eine größere Entfernung vor sich herschieben."

„Vielleicht gehört sie Joe."

„Wer ist das?", fragten Jani und ihr Vater wie aus einem Mund.

„Joe ist so was wie ein Einsiedler", sagte Penny. „Der soll irgendwo hier draußen leben."

„Ich glaube, von dem hab ich schon gehört", bemerkte Janis Vater und rieb sich das Kinn. „Er kommt nur drei, vier Mal im Jahr in die Stadt, um Vorräte einzukaufen. Ansonsten lebt er in der Wildnis. Und du meinst, das könnte hier in der Nähe sein?"

„Schon. Ich war zwar nie in seinem Haus, aber ... Ich glaube, er war früher mal verheiratet und er und seine Frau hatten eine Tochter. Aber dann starb seine Frau, und seine Tochter ... na ja, ich weiß nicht, was aus ihr wurde. Ist alles schon ziemlich lang her."

Jani hörte ihrer Freundin aufmerksam zu.

Penny zuckte mit den Schultern. „Ist halt eine kleine Stadt. Hier kennt jeder jeden und jeder weiß über den anderen Bescheid. Jedenfalls glauben die meisten das."

Keeta ging nervös zur Seite und Jani hielt sofort nach Freedom Ausschau. Sie war dabei, den Weg entlangzutraben, der in den Wald führte. „Vielleicht geht's da ja zu Joes Haus", meinte Jani und zeigte auf das Fohlen. „Vielleicht hat er Hailey gefunden und hat deshalb sein Holz nicht fertig aufgeladen."

„Wir sollten mit ihm reden", beschloss Janis Vater. Er wendete Apollo, um Freedom nachzureiten. Jani und Penny folgten ihm.

Je weiter sie kamen, desto breiter wurde der Waldweg, und schon bald konnten die Pferde in einen flotten Trab fallen. Einmal blieb Freedom kurz stehen und beschnupperte den Waldboden, während Apollo gemächlich hinter ihr vorbeitrottete. Als das Fohlen wieder die Führung übernehmen wollte, versuchte der große Wallach, es zurückzudrängen.

Jani musste fast laut lachen, als Freedom sich zum dritten Mal an Apollos mächtigem Hinterteil vorbeidrängeln wollte und er ihr seinen Schweif ins Gesicht fegte. Freedom stampfte unwillig auf. Eins war sicher: Janis kleine Stute konnte es ganz und gar nicht leiden, wenn man ihr vorschrieb, was sie tun sollte! Obwohl Freedom schließlich ergeben hinter Apollo hertrabte und so tat, als würde ihr das gar nichts ausmachen, wusste Jani ganz genau, dass sie nur auf den geeigneten Moment lauerte, um ihn zu überholen.

Fünf Minuten später kamen sie aus dem Wald auf eine von Gras überwucherte, schmale Straße. Janis Vater lenkte Apollo nach rechts und sie folgten mehreren Biegungen, bis die Straße auf einer kleinen Weide endete.

Sie ritten durch ein Gatter, Freedom preschte an Apollo vorbei und galoppierte auf eine Holzhütte zu, an der sich zur einen Seite hin ein Gemüsegarten und mehrere Obstbäume befanden – zur anderen Seite hin stand eine kleine Garage. Es sah so aus, als ob Joe Selbstversorger war – aber wenn er nur ein paar Mal im Jahr in die Stadt kam, lag es natürlich nah, dass er sich hauptsächlich von selbst angebautem Obst und Gemüse ernährte.

„Hallo? Ist jemand zu Hause? Hallo?“, rief Janis Vater laut.

In der Garage bewegte sich etwas und Jani sah einen Mann unter der Motorhaube eines ziemlich demolierten Pick-up hervorkommen. Er wischte sich die Hände an einem dreckigen Lappen ab, und als die drei langsam auf ihn zuritten, kam er ihnen ebenso langsam entgegen.

„Ich wette, ich weiß, warum Sie hier ...“, fing er an. Aber im nächsten Moment blieb er wie angewurzelt stehen und stierte die drei Reiter an.

Freedom bäumte sich mit einem gellenden Wiehern auf und schlug wild mit den Vorderhufen in die Luft.

Joe machte auf dem Absatz kehrt und rannte auf seine Hütte zu.

„Halt, warten Sie doch!“, schrie Janis Vater ihm hinterher. Er wollte dem Mann nachreiten – aber der war schon die Treppe zur Veranda hochgesprungen, öffnete dic Haustür und knallte sie hinter sich ins Schloss.

„Himmel, was ist denn in den gefahren?“, fragte Jani an

Penny gewandt, während ihr Vater näher an die Hütte heranritt. Sie hörte, wie er dem Mann drinnen etwas zurief.

„Keine Ahnung“, entgegnete Penny. „Hab nie gehört, dass er nicht ganz richtig im Kopf sein soll.“

„Freedom wusste sofort, dass mit dem was nicht stimmt“, meinte Jani. „Deswegen hat sie so heftig reagiert.“ Sie beugte sich hinunter und streichelte das Fohlen beruhigend. „Schau nur – sie zittert am ganzen Leib!“

„Echt? Das ist merkwürdig ...“, fand Penny. Dann fiel ihr etwas ein. „Du, was ist, wenn der wirklich nicht ganz richtig in der Birne ist ... und Hailey gefunden hat?“

Jani richtete sich im Sattel auf und es durchfuhr sie wie ein Blitz. Diese Vorstellung war entsetzlich!

„Okay, bitte entschuldigen Sie die Störung“, hörte Jani ihren Vater nun rufen. „Wenn Sie ein Mädchen sehen, auf das diese Beschreibung passt, dann sagen Sie uns bitte einfach Bescheid.“

Aus dem Haus kam eine gedämpfte Antwort, aber Jani und Penny waren zu weit weg, um etwas zu verstehen. Dann kam Janis Vater zu den beiden zurückgeritten.

„Was hat er gesagt, Dad?“

Janis Vater runzelte die Stirn. „Er behauptet, dass er niemanden gesehen hat.“

„Und warum hat er so heftig reagiert?“

„Weiß nicht. Vielleicht hat ihn unser plötzliches Auftauchen einfach überrascht. Wahrscheinlich begegnet er hier draußen nicht sehr vielen Menschen.“

Jani sah Penny an und bemerkte, dass ihre Freundin nachdenklich den Kopf schüttelte. Sie beide waren sich also einig. Überraschung konnte unmöglich der wahre Grund für Joes übertriebene Reaktion gewesen sein.

„Ich bin der Meinung, dass wir sein Haus von der Polizei durchsuchen lassen sollten", sagte Jani.

„Aber wenn er sie gefunden hätte, hätte er das doch gesagt", gab Janis Vater zu bedenken.

„Freedom traut ihm aber nicht."

„Ah ja, deine erleuchtete Freedom", erwiderte er. „Sie hat einfach nur auf sein überraschtes Verhalten reagiert. Das ist alles."

„Aber ..."

„Kommt schon, wir reiten zurück zum Fluss", unterbrach ihr Vater sie. „Wir haben hier schon genug Zeit vergeudet. Aber es war eine gute Idee, Joe zu fragen, Jani. Ich wünschte nur, er hätte das Mädchen gesehen." Er ließ Apollo lostraben.

Penny folgte ihm, aber Jani hielt Keeta noch einen Augenblick zurück. Sie sah noch mal angestrengt zu Joes Hütte hinüber – vor allem auf die Fenster und Gardinen. Aber dahinter regte sich nichts.

Sie seufzte und beugte sich hinab, um Freedom zu tätscheln, die sich dicht an ihre Mutter schmiegte.

Jani wusste nichts über Joe. Vielleicht war er ja wirklich unschuldig. Vielleicht war er einfach nur ein komischer, alter Kauz. Aber sie kannte Freedom – das war keine schlichte Überreaktion wegen Joes Verhalten gewesen. Das Fohlen hatte Angst, und das war immer nur der Fall, wenn es einen Grund dafür gab. Einen triftigen Grund.

FREEDOM

Mit jedem Schritt, der sie von dem Haus dieses Unmenschen wegführte, fühlte sich Freedom sicherer. Sie erinnerte sich an diesen Mann. Sie war ihm schon einmal begegnet – in einem früheren Leben, bevor sie zu Jani gekommen war. Als sie noch wild und frei umhergeschweift war.

Der Mann war gefährlich! Er war skrupellos! Er betrog jeden, der ihm vertraute!

Sie kannte ihn nicht nur aus eigener Erfahrung, sondern hatte auch von ihrer Freundin, der Sanftmütigen, Schlimmes über ihn gehört. Und als sie, Freedom, im Sterben gelegen hatte, war er es gewesen, der die Sanftmütige weggetragen und die beiden so voneinander getrennt hatte.

Freedom ließ den Kopf hängen. Sie dachte fast nie an ihre Vergangenheit zurück und ihre Erinnerungen daran waren wie ein dunkler, trüber Teich. Aber als sie diesem Unmenschen jetzt wieder begegnet war, waren all die Erlebnisse in schrecklicher Deutlichkeit zurückgekommen. Er war älter geworden, aber sie hatte ihn gleich wiedererkannt.

Das einzig Positive an diesem Mann war seine Tochter gewesen – „die Sanftmütige“. Den Menschennamen dieses Mädchens hatte Freedom nie gekannt, und so hatte sie ihm selbst einen gegeben. „Die Sanftmütige“ war ihr mehr als passend erschienen.

Sie war dem Mädchen zum ersten Mal begegnet, als sie

noch ein ganz junges Fohlen gewesen war – zu jung, um zu begreifen, dass die Moorlandschaft ihre Tücken hatte. Und so war sie in einen Sumpf geraten, aus dem sie sich nicht mehr selbst hatte befreien können. Als sich ein Mensch genähert hatte, hatte sie zuerst die Furcht gepackt, aber die Sanftmütige war sehr behutsam gewesen und hatte die ganze Zeit beruhigend auf Freedom eingeredet. Und dann hatte sie das Fohlen mithilfe eines Seils aus dem Morast gezogen.

Nachdem das Mädchen ihr das Leben gerettet hatte, hatte Freedom so viel Zutrauen zu ihm gefasst, dass sie es ganz nah an sich herankommen hatte lassen. Sie hatte ihm vertraut, weil es sie nie zu etwas gezwungen hatte.

Und dann hatte dieser Unmensch ihnen beiden so übel mitgespielt.

Was war wohl aus ihrer warmherzigen Freundin geworden? Sie hatte deren Anwesenheit bei dem Haus nirgendwo gespürt. Was hatte er ihr angetan, nachdem er sie Freedom entrissen hatte?

Und würde er nun dem Mädchen, das sie suchten – dieser Hailey, wie Jani sie nannte – womöglich das Gleiche antun? Freedom hatte keine Sekunde daran gezweifelt, dass sich das Mädchen in der Hütte dieses Unmenschen befand. Für sie drang Haileys verzweifelte Hilflosigkeit wie ein unsichtbares Licht aus dem Haus.

Die junge Stute schnaubte. Sie musste unbedingt zurück! Sie wusste, dass sie keine andere Wahl hatte. Sie musste diesem scheußlichen Mann gegenübertreten. Sie musste ihre Furcht besiegen. Hailey brauchte sie, genau wie die Sanftmütige sie damals gebraucht hatte. Und diesmal würde sie diesen Unmenschen besiegen!

HAILEY

Die Stimmen in Haileys Traum hatten sich verändert. Sie begannen Dinge zu sagen, die sie von ihnen nicht erwartete – Dinge, die gar nicht zu ihrem Traum passten. Sie zerstörten die schönen Bilder, in denen sie von einer hellblauen Wolke auf eine pastellgrüne Wolke hüpfte, während sie einem violetten Kätzchen mit bunten Tupfen folgte, das so kicherte wie ein Mädchen namens Elaine.

Und dann verstummten die Stimmen ganz plötzlich. Endlich! Sie sprang von der grünen auf eine leuchtend rote Wolke und wollte gerade weiter auf eine gelbe, als ihr Traum jäh von einem lauten Klopfen unterbrochen wurde.

„Jenny?“

Jenny? Ach ja ... das war ihr Name! Wie konnte einem der eigene Name nur so unvertraut vorkommen?

Sie blinzelte die letzten Traumfetzen weg und öffnete die Augen.

„Ja ...?“

Die Tür ging auf und ihr Großvater lugte ins Zimmer. Er sah aus, als hätte er sich wochenlang weder rasiert noch die Haare gekämmt und sein Hemd war dreckig und voller Flecken.

„Jenny, wie fühlst du dich?“

„Mir geht's gut, Großvater. Ich bin nur hundemüde.“

„Okay, dann lass ich dich weiterschlafen.“ Aber anstatt zu

gehen, räusperte er sich. Anscheinend wollte er noch etwas sagen.

„Ja, was ist?“, fragte Hailey. Sie hatte solche Mühe, die Augen offen zu halten.

„Ich ... äh ... ich wollte dir nur sagen, dass ich den Pickup draußen repariere. Sobald ich fertig bin, fahre ich dich in die Stadt ins Krankenhaus. Die sollen dich dort gründlich untersuchen – vielleicht hast du dir ja bei dem Sturz den Kopf verletzt.“

„Ist gut“, erwiderte sie. Dann rollte sie sich zur Wand und kuschelte sich in das weiche Kissen. Ihr war alles egal – Hauptsache er ließ sie jetzt erst mal in Ruhe. Sah er denn nicht, dass sie vollkommen erschöpft war?

Aber die Tür fiel immer noch nicht ins Schloss. Wie sollte sie schlafen, wenn er sie beobachtete?

„Was ist denn noch, Großvater?“, sagte sie zur Wand hin.

„Nichts.“ Dann folgte eine weitere lange Pause. „Außer vielleicht ... ähm ... hast du vorhin was gehört?“

„Was soll ich denn gehört haben?“

„Ach, ist nicht weiter wichtig.“ Wieder Schweigen. „Ich dachte nur, vielleicht ist dir was Ungewöhnliches aufgefallen ...“

Hailey rollte sich zurück und blickte ihn unter schweren Augenlidern heraus an. „Was meinst du mit ‚ungewöhnlich‘?“

„Ach, nichts“, erwiderte der Alte rasch. „Tut mir leid, dass ich dich aufgeweckt habe. Schlaf jetzt weiter.“ Dann schloss er leise die Tür hinter sich.

Na endlich! Hailey machte erneut die Augen zu und versuchte einzuschlafen.

Aber jetzt ging es nicht mehr. Seine Fragen gruben sich

in ihr Bewusstsein wie ein Maulwurf sich durch weiche Erde gräbt. Was hatte er wohl damit gemeint – ob sie etwas Ungewöhnliches gehört hatte? Sie hatte nichts gehört – außer ein paar Stimmen, kurz bevor sie aufgewacht war. Aber was sollte an Stimmen so ungewöhnlich sein?

Eigentlich nichts ...

Aber ihr Großvater machte sich offenbar Gedanken darüber. Das musste es sein, was ihn so beschäftigte – diese Stimmen. Machte er sich Sorgen, dass sie etwas gehört haben könnte, was nicht für ihre Ohren bestimmt war?

Widerstrebend öffnete sie die Augen. Das Problem war, dass sie sich nicht daran erinnern konnte, was diese Stimmen gesagt hatten. Sie hörte, wie die Haustür zufiel und nahm an, dass ihr Großvater wieder nach draußen gegangen war, um seinen Pick-up zu reparieren.

Als sie sich aufsetzte, wurde ihr sofort wieder übel und schwindelig. Sie umschlang mit beiden Armen ihre Beine, vergrub das Gesicht zwischen den Knien und beschloss, abzuwarten.

Sie grübelte weiter über die Stimmen nach. An Worte konnte sie sich beim besten Willen nicht erinnern, aber sie war sich sicher, dass es Männerstimmen gewesen waren. Genau – ihr Großvater und ein anderer Mann.

Die Benommenheit verflog etwas. Sich vollkommen „daneben“ zu fühlen – das kam ihr irgendwie sehr bekannt vor. Sie war sich sicher, dass sie das schon einmal erlebt hatte. Wenn sie sich doch nur wieder erinnern könnte, woher sie dieses Gefühl kannte ...

JANI

Sie waren schon fast wieder zurück am Fluss, als Freedom plötzlich kehrtmachte und den Weg zurücktrabte.

„Hey, Dad, einen Moment! Freedom haut schon wieder ab!"

Janis Vater hielt Apollo an. „Nimm sie an den Führstrick, Jani! Wir dürfen wirklich keine Zeit mehr verlieren."

„Tut mir leid." Jani wendete Keeta und ritt Freedom hinterher. „Wir fangen sie ein und sind gleich zurück. Such du schon mal weiter. Penny und ich haben dich in ein paar Minuten wieder eingeholt", sagte sie und warf ihrer Freundin einen bedeutungsvollen Blick zu.

„Okay. Wenn ich eure Abschnitte übernehme, werde ich nur langsam vorankommen und nicht weit voraus sein."

Jani trieb Keeta an und trabte mit Penny auf Sunny hinter Freedom her. Das Fohlen war bereits verschwunden und kam erst nach zwei Biegungen wieder in Sicht. Jani parierte Keeta zum Schritt durch und auch Penny wurde langsamer.

„Gut, dass Freedom wieder zu dem Haus läuft. Ich hätte keine Lust gehabt, heute Nacht heimlich hinzureiten, um noch mal nachzusehen."

Penny lachte. „Das hättest du glatt gemacht, was? Du bist echt verrückt!"

„Du bist ja auch nicht besser!"

„Pst, sei leise! Wir sind gleich da ..."

HAILEY

Endlich hatte die dumpfe Schläfrigkeit so weit nachgelassen, dass Hailey wieder die Kraft hatte, sich auf die Bettkante zu setzen. Auf das Holzbett aufgestützt, kam sie ganz langsam auf die Beine. Solange sie keine jähen Bewegungen machte, war alles okay. Jetzt, wo ihr wieder warm war und sie sich nicht mehr so schrecklich benommen fühlte, bemerkte sie höllische Schmerzen im ganzen Körper.

Sie schlurfte ans Fenster und zog die schweren Gardinen zur Seite. Vor dem Haus erstreckte sich eine Weide und in der Ferne erkannte sie einen Zaun und ein Gattertor. Dann sah sie ihren Großvater, der mit zögernden Schritten über die Weide ging. Als er das Gatter erreichte, zog er es zu und sperrte es mit einer Kette ab.

Als sich der alte Mann wieder umdrehte und zum Haus zurückging, ließ Hailey rasch die Gardine zufallen. Im gleichen Moment bekam sie ein schlechtes Gewissen. Was machte es denn aus, wenn er sah, dass sie ihn beobachtete? Er war doch ihr Großvater. Aber ihre Hände hatten sich wie von selbst bewegt und weigerten sich, die Gardine wieder aufzuziehen und ihm unbefangen zuzuwinken. Stattdessen lehnte sie sich an den schweren Stoff und spähte durch einen Spalt nach draußen.

Er kam auf das Haus zugestapft. Als er näher kam, konnte sie die tiefen Sorgenfalten auf seiner zerfurchten Stirn

erkennen. Irgendetwas machte ihm anscheinend schrecklich zu schaffen.

Wenn doch nur ihre Erinnerung wieder zurückkäme ...

Sie stolperte wieder zum Bett, aber auf halbem Weg änderte sie die Richtung. Sie hatte Durst. Sie würde sich ein Glas Wasser aus der Küche holen und dann weiterschlafen. Viel Ruhe – das war jetzt das Beste für sie. Sobald sie sich richtig ausgeschlafen hatte, würde sie sich nicht nur viel besser fühlen, sondern sich wahrscheinlich endlich wieder daran erinnern, was passiert war. Und dann würden sich diese ganzen geheimnisvollen Schleier hoffentlich lüften.

JANI

Sie lenkten die Pferde auf einen schmalen Pfad und waren gerade um eine Ecke gebogen, als sie Joe über die Weide zu seinem Haus zurückgehen sahen. Er hatte gerade ein massives Holzgatter mit Riegel und Kette abgesperrt. Jani blickte sich hektisch um. Wo war Freedom? Sie hatte doch nur wenige Sekunden Vorsprung gehabt und auf einmal war sie wie vom Erdboden verschwunden.

„Jani“, zischte Penny.

Jani drehte sich um und sah, wie Penny auf einen Baum am Wegrand zeigte. Sie schüttelte verblüfft den Kopf – obwohl sie und Penny das Fohlen sehen konnten, war es vor Joes Blicken offenbar vollkommen verborgen.

Die Mädchen ließen ihre Pferde weitergehen und Freedom schlich hinter dem Baum hervor und kam ihnen nach.

Sobald sie alle ganz sicher außer Sichtweite waren, hielt Jani Keeta an. „Ich finde, wir sollten uns in dem Haus mal umsehen.“

Penny blinzelte. „Während der Typ da ist?“

„Er hat doch vorhin in der Garage an seinem Pick-up rumgebastelt. Vielleicht geht er ja dorthin zurück“, meinte Jani. Sie ließ sich aus dem Sattel gleiten, band Keeta an einem Ast fest und klopfte ihr den Hals.

Penny blieb auf ihrem Pferd sitzen. „Aber es ist trotzdem schwierig, unbemerkt zu dem Haus zu schleichen.“

„Du musst ja nicht mitkommen.“

Penny stöhnte theatralisch auf. „Es gibt nur ein kleines Problem, wenn ich hierbleibe: Ich hab's satt, immer die Vernünftige und ständig besonnen zu sein.“

„Vernünftig? Besonnen? Redest du etwa von dir?“

„He, normalerweise bin ich durchaus vernünftig!“, protestierte Penny, während sie bereits aus dem Sattel stieg. „Aber jetzt, in dieser Situation, bringt Besonnenheit nichts – nicht, wenn Hailey möglicherweise in diesem Haus eingesperrt ist. Und außerdem denke ich nicht im Traum daran, alleine hier auf dich zu warten – ich möchte auch ein Abenteuer erleben!“

Jani kicherte leise. „Du bleibst hier, Freedom“, murmelte sie dem Fohlen zu, während Penny ihr Pferd an einem Baum gleich neben Keeta festband. „Du kannst im Moment nichts machen.“ Sie strich Freedom liebevoll über die Mähne und dann schlugen sie und Penny sich in die Büsche.

Bald hatten sie das Gatter erreicht. Jani blieb stehen und starrte zu dem Haus und der angrenzenden Garage hinüber. Sie hatte recht gehabt. Joe stand über den Motor des Pickup gebeugt da.

Vorsichtig schlichen sie am Zaun entlang. Als die Garage hinter dem Haus nicht mehr zu sehen war, kletterten die Mädchen geschwind durch den Zaun und rannten auf die Hütte zu. Bald hatten sie den Obstgarten erreicht. Nur noch wenige Schritte – und dann waren sie da. Atemlos pressten sie sich an die Hauswand. So weit, so gut ...

Als sie wieder Luft bekam, streckte Jani ein Bein aus und zeigte auf ihre Jeans, die vom Knie abwärts vollkommen durchnässt waren. „Sieh nur“, keuchte sie. „Dad wird sofort wissen, dass wir abgestiegen sind!“

„Wir können ja sagen, dass wir Freedom zu Fuß nachlaufen mussten“, meinte Penny.

Jani schüttelte den Kopf. „Vergiss es. Der kennt uns beide viel zu gut.“

„Dann sollten wir uns sputen, bevor er uns sucht und dabei erwischt, wie wir heimlich durch die Fenster schauen.“

„Gute Idee. Du siehst durch die Fenster auf der Rückseite und ich nehme mir die anderen vor“, sagte Jani. „Wir treffen uns dann wieder hier.“

„Okay.“

Jani wandte sich nach links und blieb vor dem ersten Fenster stehen. Aber davor hing eine schwere Gardine und Jani konnte beim besten Willen nichts dahinter erkennen.

Bevor sie weiterging, blickte sie sich kurz nach Penny um, aber die war schon weitergegangen und nicht mehr zu sehen. Jani tat die letzten Schritte bis zur Ecke des Hauses und lugte vorsichtig herum. An der Front des Hauses war eine schäbige Veranda. Rechts und links davon befand sich je ein Fenster. Also hatte sie noch zwei vor sich. Das Blöde war nur – sollte Joe jetzt aus der Garage kommen, würde er sie sofort bemerken. Und wenn er schneller war als sie, würde er sie schnappen. Und dann säße sie in der Tinte ...

Jani holte tief Luft. Sie hatte keine Wahl. Penny überprüfte die anderen Fenster und sie war für die hier zuständig ... Sie ging auf alle viere, kroch um die Ecke herum und dann so dicht wie möglich an einem Stapel aus dunklen, regennassen Holzscheiten entlang, wobei sie die ganze Zeit unverwandt zu der Garage hinüberstarrte.

Als sie das erste Fenster erreicht hatte, blickte sie nach oben. Ah, prima – es lag nicht allzu hoch und sie würde über die Fensterbank nach drinnen schauen können. Vorsichtig richtete sie sich auf. Fast glaubte sie, zu spüren, wie sich Joes Blicke in ihren Rücken bohrten, aber es half alles nichts – sie musste es durchziehen. Vielleicht war Hailey da drin und brauchte Hilfe.

Aber vor dem Fenster hingen ebenfalls Gardinen – dunkelrote. Jani stöhnte innerlich auf. So ein Mist aber auch! In dem Moment, als sie die Hand ausstreckte, um an die Scheibe zu klopfen, knallte ein Gewehrschuss.

Janis Herz begann wie wild zu pochen und einen Moment lang war sie wie erstarrt. Aber dann rannte sie los ...

Der Schuss war viel zu weit weg gewesen, als dass er von Joe hätte kommen können – aber sie zweifelte keine Sekunde daran, dass der Einsiedler den Schuss ebenfalls gehört hatte und jeden Moment aus der Garage stürzen würde, um nachzusehen, woher er gekommen war. Und wenn sie nicht schnell genug hinter das Haus verschwand, wäre sie genau in seinem Sichtfeld ...

HAILEY

Hailey fand eine angeschlagene Tasse und sah sich nach einem Wasserhahn um. Aber sie sah keinen. Und auch keinen Kühlschrank, in dem Milch oder Fruchtsaft hätte sein können. Komisch ... das hier musste doch die Küche sein. Sie öffnete einen der Hängeschränke. Da standen ein paar Töpfe und eine Bratpfanne. Also musste sie nur noch herausfinden, wo ihr Großvater sein Trinkwasser aufbewahrte.

Sie machte den anderen Schrank auf, aber darin lagen nur getrocknete Bohnen, eine angebrochene Tüte Reis und ein paar Zwiebeln, Karotten und Kartoffeln. Das Gemüse war schon leicht angegammelt. Hailey rümpfte angeekelt die Nase.

Rasch schaute sie noch in der Anrichte nach und ging dann zu einem Hochschrank hinüber. Als sie die Tür öffnete, stand da ein großer Topf voll mit Wasser. Am Rand hing eine Schöpfkelle. Wie seltsam. Hinter dem Topf war eine mit Maschendraht vergitterte Öffnung, die ins Freie ging.

Hailey schöpfte sich mit der Tasse etwas Wasser aus dem Behältnis und trank. Es war köstlich. Nachdem sie die Tasse geleert hatte, trank sie noch eine zweite. Danach füllte sie sich eine weitere Tasse voll. Als sie den Schrank wieder zumachte, überkam sie ein leichtes Frösteln. Die Luft da drin war richtig kalt gewesen. Da begriff sie: deshalb diese vergitterte Öffnung – durch die kam kühle Luft von draußen herein. Das Ding war ein primitiver Kühlschrank! Das konnte nur bedeuten, dass es in diesem Haus keinen Strom gab. Ein Blick an Decke und Wände bestätigte ihre Vermutung – weit und breit keine Lampen. Wirklich seltsam.

Mit der gefüllten Tasse in der Hand ging sie in den angrenzenden Raum. Es konnte nicht schaden, wenn sie sich hier mal ein wenig umsah, bevor sie wieder schlafen ging. Vielleicht entdeckte sie ja etwas, das ihrem Gedächtnis auf die Sprünge helfen würde.

Neben dem offenen Kamin stand ein alter Sessel, und auf einem Wandregal lagen abgegriffene Bücher. Vor dem einzigen Fenster hing eine dicke, rote Gardine, was dem kleinen Zimmer eine gemütliche Höhlenatmosphäre verlieh.

Das war also das Wohnzimmer. Hailey hielt eine Hand vor den Kamin und spürte die Hitze. Da fiel ihr Blick auf fünf gerahmte Fotos auf einem Regal rechts über dem Sessel. Sie stellte ihre Tasse darauf ab und nahm einen der Rahmen in die Hand. Eine Frau, etwa Mitte zwanzig, blickte ihr entgegen. Sie kam Hailey nicht im Entferntesten bekannt vor.

Auf dem zweiten Foto waren drei Personen: die gleiche Frau, diesmal etwas älter, und ein Mann – wohl Haileys Großvater in jungen Jahren. Zwischen ihnen stand ein etwa zehnjähriges Mädchen. Alle drei lächelten in die Kamera.

Hailey stellte das Bild wieder zurück und ließ den Blick rasch über die drei übrigen Fotos gleiten. Alle schienen schon sehr alt zu sein. Das jüngste Bild zeigte das Mädchen von dem Bild zu dritt – womöglich ihre, Haileys, Mutter? – als Teenager. Es gab aber kein Foto von ihm als Erwachsene. Und auch von der Frau, die vielleicht dessen Mutter war, gab es keine Fotos jüngeren Datums.

„Bist du meine Mutter?“ Zaghaft strich Hailey mit einer Fingerspitze über das Teenagergesicht, nahm das Bild vom Regal und trat vor den Spiegel an der gegenüberliegenden Wand. Eingehend betrachtete sie ihr eigenes Spiegelbild ... Obwohl sie ihr Aussehen ohne den Spiegel nicht hätte beschreiben können, sah sie genau so aus, wie sie es erwartet hatte. Ihre Züge waren ihr sehr vertraut, einschließlich ihrer vermaledeiten Sommersprossen.

Erleichtert trat sie ans Fenster, um das alte Foto zu betrachten. Das Mädchen sah ihr in keinster Weise ähnlich. Seine Haarfarbe, die Form seines Gesichtes, die Augen, die Nase – alles war anders.

Plötzlich hörte Hailey einen Schuss knallen, der aus weiter Ferne zu kommen schien. Sie schob die Gardine zur Seite, um nach draußen zu schauen.

Im gleichen Moment blitzte unter dem Fenster kurz etwas Blaues auf – da war jemand! Sie stützte sich auf die Fensterbank und spähte nach unten, konnte aber nichts mehr entdecken. Seltsam! Alles wäre so viel einfacher, wenn sie nur ihr Gedächtnis wiederhätte. Dann wüsste sie vielleicht, ob es jemanden gab, der die Angewohnheit hatte, sie durchs Fenster zu beobachten.

Hailey stellte das Bild wieder an seinen Platz, nahm die Tasse vom Regal und wischte den Wasserrand weg.

Sie war schon fast wieder in ihrem Zimmer, als ihr plötzlich klar wurde, was sie da auf dem Regal gesehen hatte – beziehungsweise was sie dort nicht gesehen hatte: Fotos von sich. Nicht ein einziges. Sie bekam Angst. Wenn dieser Mann tatsächlich ihr Großvater war – hätte er dann nicht auch Fotos von seiner Enkelin dort stehen?

JANI

Als Jani um die Ecke des Hauses gefegt kam, wäre sie um ein Haar mit Penny zusammengestoßen. Die beiden Mädchen flitzten über die Weide. Kaum eine Minute später befanden sie sich wieder im sicheren Untergehölz jenseits der Umzäunung.

Jani atmete keuchend und starrte zu dem Holzhaus hinüber. Joe trottete auf die Haustür zu. Anscheinend hatte er sie beide nicht bemerkt – Gott sei Dank!

„Mann, das war ziemlich knapp!“, japste Penny. Über ihren Köpfen krächzte ein Rabe.

Obwohl der Mann viel zu weit weg war, um Penny hören zu können, hielt er plötzlich inne und sah in ihre Richtung.

Jani packte Penny am Arm. Das war echt unheimlich ... „Komm, wir gehen zurück zu den Pferden.“

Die zwei Mädchen krochen von dem Zaun weg und stolperten tiefer in den Wald hinein. Sie bahnten sich ihren Weg zwischen den Bäumen hindurch, wichen tief hängenden Ästen aus und kämpften sich um Büsche herum.

„Hast du irgendwas sehen können?“, fragte Jani, als sie wieder bei den Pferden waren. Sie umarmte Keeta und fühlte, wie sie selbst gleich ruhiger wurde, obwohl sie immer noch schwer atmete.

„Nein. Nur ein paar leere Zimmer. Sah insgesamt ziemlich deprimierend aus.“

Jani verzog das Gesicht. Sie war sich so sicher gewesen, dass sie Hailey dort finden würden. Na ja, vielleicht hatten Freedoms seltsame Anwandlungen ja doch nichts zu bedeuten gehabt. Sie berichtete: „Vor zwei von meinen Fenstern waren Gardinen und durch das letzte konnte ich nicht mehr reinschauen." Sie ließ Keeta los und begann Freedom zu kraulen.

„Du warst echt vorne am Haus?", fragte Penny mit ungläubigem Staunen.

„Klar war ich da", erwiderte Jani lässig. Penny brauchte ja nicht zu wissen, dass sie die ganze Zeit vor Angst geschlottert hatte.

„Aber wenn der Typ nun aus der Garage gekommen wäre? Dann hätte er dich doch voll gesehen!"

Jani zuckte gleichgültig die Achseln. „Ach, ist er aber nicht. Jedenfalls bis dieser Schuss fiel."

„Ja, Menschenskind – wo der wohl herkam?" Penny machte Sunnys Zügel vom Baum ab.

„Keine Ahnung – aber ich hatte keine Lust, noch länger dort herumzuschleichen, um das herauszufinden", erwiderte Jani und stieg in den Sattel.

„Ich auch nicht! Ich hoffe bloß, dass niemandem was passiert ist", meinte Penny und stieg ebenfalls auf. Dann ritten die Mädchen den Weg wieder zurück und eine Weile lang war das gedämpfte Getrappel der Pferdehufe auf dem weichen Waldboden weit und breit das einzige Geräusch.

„Hey, vielleicht lebt da draußen ja noch ein anderer Einsiedler", kombinierte Penny auf einmal. „Und der hat in die Luft geschossen, um die Leute von der Suchmannschaft zu erschrecken, damit sie ihm nicht zu nahe kommen."

Jani lachte auf. „Na, ich weiß nicht – das wäre ja so, als

würde es in dieser Gegend von Einsiedlern nur so wimmeln!“

„Aber möglich wär’s doch. Vielleicht lebt hier eine ganze Sippe von denen. Vielleicht gibt es hier eine Art Einsiedler-Kommune und keiner weiß davon.“

„Nicht mal die Einsiedler selbst“, sponn Jani weiter. „Denn deshalb heißen die ja Einsiedler – weil sie sich die ganze Zeit einzeln irgendwo verschanzen.“

„Und nachdem er in die Luft geschossen hat, ist deine Mutter ihm auf Champagne hinterhergeritten und hat ihn verjagt!“

Die beiden grinsten sich an. Die Vorstellung, dass Janis Mutter irgendjemanden zu Pferd verfolgte, war herrlich absurd. Aber dann fiel Jani siedend heiß ein, aus welchem Grund ihre Mutter überhaupt mit Champagne unterwegs war, und ihr war auf einmal gar nicht mehr zum Lachen zumute. „Was sollen wir jetzt bloß machen?“, fragte sie. „Vielleicht ist Hailey ja doch in Joes Haus ...“

Plötzlich begann es heftig zu regnen. Penny quietschte laut auf und zog sich rasch ihre Kapuze über den Kopf.

„Hier rüber!“, rief Jani und lenkte Keeta zum nächsten größeren Baum. Freedom kam ihr nach, die Ohren missmutig angelegt und den Kopf gesenkt. Auch Sunny wirkte unglücklich, als er und Penny sich dicht zu den anderen stellten.

„Ich hab von diesem ewigen Regen echt die Nase so voll, dass ich laut schreien könnte!“, meinte Penny gereizt.

„Wenigstens sind wir jetzt von oben bis unten patschnass – Dad wird also nicht herausfinden, dass wir über nasse Felder gerannt sind und durch fremde Fenster geschaut haben.“ Dicke, kalte Regentropfen klatschten durch die Äste. Jani seufzte. Hätten sie Hailey doch bloß gefunden! Wenn sie sie bei Joe gesehen hätten, wüssten sie wenigstens, dass sie noch lebt. „Arme Hailey“, entfuhr es ihr.

„Ich weiß. Ich wünschte, sie wäre jetzt hier bei uns.“

„Vielleicht haben wir sie ja nur nicht gesehen ...“

„Vielleicht.“ Pennys Stimme klang zweifelnd.

„Jani!“

„Hallo, Dad! Hier sind wir!“, rief Jani und wedelte mit den Armen.

Ihr Vater und Apollo sahen aus, als hätten sie ein Bad im Fluss genommen, so durchnässt waren sie.

„Habt ihr die Signalpistole gehört?“

Jani zog die Augenbrauen hoch. Eine Signalpistole ... Warum hatten sie nicht daran gedacht? Der Schuss hatte überhaupt nicht von einem Gewehr gestammt – und sie hatten sich alle möglichen dummen Geschichten ausgemalt! „Ja, die haben wir gehört“, sagte sie laut.

„Ich hoffe, das bedeutet, dass sie Hailey gefunden haben. Los, reiten wir schnell zurück zum Treffpunkt an der Brücke.“

HAILEY

Konnte es sein, dass ihr Großvater in Wirklichkeit gar nicht ihr Großvater war? War er vielleicht irgendein Fremder, der sie anlog? War das der Grund, warum sie sich nicht an ihn erinnern konnte und ihr Name ihr so unvertraut vorkam?

Da fiel ihr ein, wie vorhin unter dem Fenster etwas blau aufgeblitzt hatte ... Wenn sie hier tatsächlich von einem Unbekannten gefangen gehalten wurde, dann gab es nur einen Grund, warum sich jemand unter dem Fenster versteckt hatte: Derjenige wusste oder ahnte, dass sie hier war, und hatte sie retten wollen! Vielleicht war das ja der Mann, dessen Stimme sie im Halbschlaf vernommen hatte – und von dem ihr „Großvater" fürchtete, dass sie ihn gehört haben könnte! Auf einmal machten diese Ereignisse Sinn.

Das Herz schlug Hailey bis zum Hals und sie trat hektisch ans Fenster – aber als sie nach draußen sah, kam ihr angeblicher Großvater gerade auf die Haustür zu.

Sie wandte sich rasch ab – so abrupt, dass das Wasser aus der Tasse spritzte. Vielleicht konnte sie durch ein offenes Fenster entkommen ...

Auf einmal wurde ihr wieder schwarz vor Augen. Sie streckte die Hand aus, um sich an etwas festzuhalten, damit sie nicht hinfiel ... jetzt bloß nicht ohnmächtig werden! Dann wäre sie ihm hilflos ausgeliefert – es sei denn, es würde ihr gelingen, vorher irgendwie wieder in das Zimmer zu kommen. Sie ging auf alle viere, wobei die Tasse klirrend zerbrach.

Mit letzter Kraft kroch Hailey zum Schlafzimmer zurück. Sie hatte das Gefühl, sich gleich übergeben zu müssen. Vorhin, als sie wegen des Schusses ans Fenster getreten war – hätte sie da die Gardine aufgelassen, dann hätte man sie von draußen sehen können ...

Aber vielleicht hatte die Person ja auch durch den dicken Stoff hindurch beobachten können, dass sich im Zimmer dahinter jemand bewegt hatte ...

Irgendwie gelangte Hailey unbemerkt ins Schlafzimmer zurück. Gerade als der alte Mann das Haus betrat, machte sie die Tür hinter sich zu. So, jetzt musste sie nur noch abschließen. Dann konnte sie sich wieder aufs Bett legen und ihrer unendlichen Müdigkeit nachgeben.

Sie hörte, wie seine Schritte näher kamen.

An der Tür gab es kein Schloss!

„Jenny?“ Durch die Holztür drang seine Stimme zu ihr.

„Nicht reinkommen!“, rief sie hastig.

„Nein, keine Bange. Ich wollte dich nur beruhigen, falls du dich wegen des Knalls vorhin erschreckt hast.“

„Was für ein Knall?“ Sie presste sich mit dem Rücken fest an die Tür, obwohl sie wusste, dass ihr das im Ernstfall nicht viel nützen würde.

„Der Schuss. Mach dir keine Sorgen. Wahrscheinlich war das nur ein Jäger. Ich will nicht, dass du dich ängstigst.“

„O...okay“, sagte Hailey und versuchte, möglichst nicht aufgeregt zu klingen. Anscheinend hatte er noch keine Ahnung, dass sie seine Lüge durchschaut hatte. „Ich bin immer noch total müde, Großva...“ Sie bekam das Wort nicht über die Lippen.

„Ist wirklich alles in Ordnung mit dir?“ Er klang besorgt. Sie musste ihn irgendwie dazu bringen, dass er wegging. „Möchtest du vielleicht etwas zu trinken?“

„Nein danke, mir geht's gut“, erwiderte sie und bemühte sich, möglichst überzeugend zu klingen und dachte dabei: „Abgesehen davon, dass mir total schwindlig ist, ich mich vor Übelkeit kaum auf den Beinen halten kann und Todesängste ausstehe, geht's mir wirklich prima.“ Sie presste verzweifelt ihre Hände vors Gesicht. Ihre Wangen waren heiß.

„Gut, dann schau ich später noch mal vorbei. Ich bin mit der Reparatur fast fertig. Wenn ich so weit bin, können wir losfahren, okay?“

„Okay.“

Daraufhin war es lange vollkommen still, bis sie endlich hörte, wie er von der Tür wegschlurfte und kurz danach die Haustür ins Schloss fiel.

Hailey seufzte. Wenigstens hatte sie etwas Zeit gewonnen. Sie begann, den Sessel in Richtung Tür zu schieben, und kämpfte dabei die ganze Zeit gegen ihre bleierne Müdigkeit an. Das Ding schrappte laut über den Boden, aber der Mann war ja jetzt draußen und konnte das nicht hören.

Als das schwere Möbelstück endlich vor der Tür stand, kippte sie es so, dass die Lehne unter dem Türgriff lag. Noch ein letzter Schubs und der Sessel saß fest.

So. Jetzt konnte der Mann nicht mehr herein – außer er würde die Tür kurz und klein schlagen.

Sie schleppte sich zurück zum Fenster und zog die Gardinen beiseite. Sollten ihre Retter zurückkommen, mussten sie sie ja sehen können. Danach kroch sie ins Bett und kuschelte sich ermattet unter die Decke. Kurz darauf war sie fest eingeschlafen.

JANI

Sie waren als Erste wieder an der Brücke, aber schon nach wenigen Minuten fand sich ein weiterer Suchtrupp ein. Niemand hatte Hailey gefunden. Schweigsam und angespannt warteten die sechs Reiter auf die anderen. Es regnete immer noch stark.

Etwa zehn Minuten später waren auch die letzten Helfer eingetroffen.

„Mom, habt ihr sie gefunden?“, schrie Jani, als sie ihrer Mutter im strömenden Regen entgegenritt.

Ihre Mutter schüttelte den Kopf. „Wir müssen die Suche abbrechen. Carl hat in seinem Funkradio die Nachrichten gehört – das Wetter soll sich in den nächsten Stunden noch verschlechtern. Heftige Regenfälle, vermutlich sogar Schnee und Graupel. Wir können nicht riskieren, dass den Suchern etwas passiert – schließlich sind es keine Profis. Aber keine Sorge“, fuhr sie fort, als sie Janis entsetztes Gesicht sah. „Die offiziellen Such- und Rettungsteams werden weitermachen.“

„Und was ist mit mir? Ich bin doch eine erfahrene Reiterin.“ Jani ließ Keeta neben der hübschen Cremello-Stute hertraben.

Ihre Mutter schüttelte den Kopf. „Ich will nicht, dass du bei diesem Wetter da draußen durch die Gegend reitest.“

„Aber Mom!“

„Ich weiß, es ist schwer, tatenlos daheim zu sitzen, Jani, aber bei diesen Witterungsbedingungen ist die Suche viel zu gefährlich. Stell dir vor, dir passiert irgendwas – ich würde mir mein Leben lang Vorwürfe machen. Und es würde die Suche nach Hailey behindern."

„Aber was soll mir denn schon passieren?"

„Elaines Pferd wäre vorhin fast in den Fluss gerutscht, weil das aufgeweichte Erdreich nachgegeben hat. Und wenn es so weiterregnet, wird der Boden noch weicher und das Wasser tritt an noch mehr Stellen über das Ufer."

„Aber was ist mit Hailey? Sie ist irgendwo da draußen! Sie braucht doch unsere Hilfe!"

„Ich weiß, Liebes! Und es macht mich auch ganz krank, wenn ich nur daran denke – besonders, weil sie dringend ihr Insulin braucht." Es schien, als würde Janis Mutter jeden Moment in Tränen ausbrechen.

„Was meinst du damit? Was ist das – Insulin?"

„Hailey hat Diabetes. Ich dachte, du wüsstest das. Sie braucht Insulin, sonst fällt sie irgendwann in ein Koma."

Jani brachte Keeta abrupt zum Stehen. Hailey hatte eine Krankheit? Warum wusste sie nichts davon? Also selbst wenn das Mädchen den Autounfall und den eiskalten Fluss überlebt haben sollte, schwebte es nach wie vor in Lebensgefahr! Wie konnten die anderen es einfach im Stich lassen?

Aber Jani wusste, dass ihre Mutter sich auf keine weiteren Diskussionen einlassen würde.

Elaine hielt Rain Shadow an. „Jani, es tut mir so leid ..."

„Was meinst du? Was tut dir leid?", fragte Jani überrascht.

„Dass ich gestern Abend so biestig zu dir war", antwortete Elaine und schaute betreten auf ihre Hände. „Hailey hat mir erzählt, dass sie dich heute besuchen würde, anstatt mit mir auszureiten, und ich ... ich glaube, ich war einfach ein bisschen eifersüchtig."

„Aber das war doch nicht, weil sie mich lieber mögen würde oder so was. Ich sollte ihr nur bei etwas helfen."

„Bei was denn?"

„Darüber kann ich nicht reden. Ich hab's ihr versprochen", entgegnete Jani widerstrebend.

Elaine sah sehr geknickt aus.

„Aber eins kann ich dir sagen", fuhr Jani fort. „Das, was sie vorhatte – das hätte sie dir zuliebe gemacht."

Elaine wischte sich mit dem Handrücken ein paar Tränen aus dem Gesicht. „Glaubst du, dass wir sie finden, bevor es zu spät ist?"

Jani wusste nicht, was sie darauf sagen sollte. Sie hatte diese Frage schon den anderen gestellt, aber bisher hatte niemand sie selbst das gefragt. Glaubte sie daran, dass sie Hailey noch lebend finden würden? Der Menschenverstand sagte Nein. Aber auf der anderen Seite dachte sie an Freedom und ihr merkwürdiges Verhalten. Irgendetwas war da zwischen ihr und Joe – und Jani glaubte fest daran, dass es etwas mit Hailey zu tun hatte.

„Glaubst du, dass wir sie rechtzeitig finden?", fragte Elaine erneut.

Jani nickte. „Ja, das glaube ich", antwortete sie dann. Und sie sagte es aus voller Überzeugung.

FREEDOM

Im Stall war es warm und trocken. Freedoms Mutter schien ruhig und zufrieden. Im Futtertrog duftete das Heu; der Wassereimer war mit frischem Wasser gefüllt. Der Regen trommelte aufs Stalldach, und Freedom war froh, dass sie jetzt nicht draußen in diesem Unwetter sein musste. Trotzdem war sie angespannt und ging ruhelos auf und ab.

Zwischen ihr und diesem Unmenschen, diesem Joe, würde es bald zu einem Machtkampf kommen – das spürte sie mit jeder Faser ihres Körpers. Würde es ihr gelingen, Hailey zu befreien? Und damit auch sich selbst zu retten? Würde sie diesmal genügend Kraft und Mut aufbringen?

Keeta schnaubte leise und schmiegte ihr Maul sanft an den Hals ihrer Tochter.

Freedom sah den beunruhigten Blick in den Augen ihrer Mutter. Da verstand sie: Keeta machte sich ebenfalls Sorgen um das verschwundene Mädchen! Und auch sie wollte ihm irgendwie helfen.

Zum ersten Mal, seit sie dem schrecklichen Mann wieder begegnet war, konnte sich Freedom etwas entspannen. Es war anders als damals. Schließlich war sie nicht mehr allein. Keeta war bei ihr – und Jani ... wenn sie die nur auch dazu bringen könnte, dass sie sie verstand. Mit den beiden an ihrer Seite würde sie dem Mann gegenübertreten können.

Aber würde das alles ausreichen, um Hailey zu retten?

HAILEY

„Jenny!“ Er klopfte an die Tür und rief wieder diesen komischen Namen: „Jenny“.

Hailey schlug die Augen auf. Es war stockdunkel.

„Geh weg!“ War das wirklich ihre eigene Stimme – so leise und kläglich? Sie streckte die Hand aus, um Licht zu machen, obwohl sie sich nicht daran erinnern konnte, ob neben dem Bett überhaupt eine Lampe war.

„Jenny? Kannst du mich hören?“

Nein, da war keine Lampe ... und auf einmal wurde Hailey bewusst, dass es Nacht war. Tränen der Verzweiflung stiegen ihr in die Augen. Also war niemand mehr gekommen ... Was sollte sie denn jetzt bloß machen? Sie zog sich die Decke bis ans Kinn hoch und lauschte atemlos.

„Jenny, ich hab den Pick-up repariert. Ich kann dich jetzt ins Krankenhaus fahren.“

„Ich will aber noch schlafen.“

„Alles in Ordnung mit dir?“

„Ja, alles okay. Ich bin nur wahnsinnig müde“, antwortete sie und versuchte, ihrer Stimme einen festen Klang zu geben. Wenn sie aus dieser Situation heil herauskommen wollte, durfte sie sich weder schwach noch krank zeigen.

Der Mann drückte mehrmals die Türklinke herunter. „Aber du musst doch wenigstens etwas essen.“

„Ich hab keinen Hunger.“

„Ich mach dir schnell was zum Abendessen und komm dann noch mal wieder. Und dann musst du die Tür aufsperren, hörst du?“ Ohne ihre Antwort abzuwarten, ging er mit schweren Schritten davon.

„Nie und nimmer mach ich diese Tür auf“, wisperte Hailey. „Jedenfalls nicht für dich.“ Immerhin fühlte sie sich nach dem langen Schlaf inzwischen ein bisschen besser und ihr war auch nicht mehr so schwindelig. Allerdings hatte sie schrecklichen Durst, und der Regen, der unaufhörlich an die Fensterscheiben trommelte, linderte ihr Verlangen nach einem Schluck Wasser nicht gerade. Wenn sie das Fenster aufmachte, könnte sie vielleicht etwas trinken, ohne dass sie den Mann ins Zimmer lassen musste ... und vielleicht könnte sie auch einfach wegrennen.

Sie setzte sich langsam auf, aber je mehr sie sich aufrichtete, desto schwindeliger wurde ihr wieder. Ihr war gleichzeitig heiß und kalt. Seufzend ließ sie sich wieder auf das Kissen sinken. Keine Chance – sie war immer noch viel zu schwach. Sie brauchte einfach noch mehr Ruhe. Später, wenn der alte Mann schlief, konnte sie sich ja immer noch irgendwie aus dem Haus schleichen.

JANI

Jani kauerte in dem Sessel neben dem Schlafzimmerfenster und ließ ihre Gedanken schweifen. Je mehr sie über die Ereignisse dieses Nachmittags nachdachte, desto überzeugter war sie, dass dieser Joe etwas über Haileys Verschwinden wusste. Es gab einfach keine andere Erklärung für Freedoms merkwürdiges Verhalten. Warum sonst hätte sie so heftig auf den Mann reagieren sollen? Und wer würde am helllichten Tag seine Gardinen zuziehen, obwohl weit und breit niemand war, der neugierig in die Zimmer schauen konnte – es sei denn, derjenige hätte etwas zu verbergen?

Jani schloss seufzend die Augen. Trotz alledem gab es keinerlei konkrete Anhaltspunkte, mit denen sie auch andere davon hätte überzeugen können. Bevor ihr Vater erneut aufgebrochen war, um den anderen bei der Suche zu helfen, hatte er ihr noch unmissverständlich gesagt, sie solle endlich aufhören, den armen, alten Joe zu verdächtigen. Er sei nur ein einsamer Mann, der gerne für sich allein lebte und den Umgang mit Menschen nicht mehr gewohnt war.

Nachdem ihr Vater losgeritten war, hatte Jani noch mal versucht, ihre Mutter davon zu überzeugen, dass an ihrem Verdacht vielleicht doch etwas dran war, und auch Penny hatte mit ihren Eltern darüber gesprochen. Aber niemand hatte den beiden zugehört. Alle schienen zu denken, dass Joe keiner Fliege etwas zuleide tun könnte.

„Na, Brauni, was würdest du denn an meiner Stelle machen?“, fragte Jani später ihren uralten Teddybären, der auf ihrem Bett zwischen den Kissen saß. Mit ihrem geliebten Stofftier über ihre Probleme zu sprechen, war eine Gewohnheit, die sie nie abgelegt hatte. Das half ihr oft, sich über etwas klar zu werden.

„Niemand glaubt uns. Wir müssen sie aber davon überzeugen, dass bei Joe etwas faul ist – nur wie? Wir brauchen hieb- und stichfeste Beweise ...“ Jani atmete tief ein. „Beweise ... genau.“ Sie drückte ihren alten, abgewetzten Teddy ganz fest an sich. „Jetzt weiß ich, was ich tun muss! Brauni, du bist ein Schatz!“ Das braune Stofftier sah sie mit seinem noch verbliebenen Auge an, und Jani kam es vor, als würde ein vielsagendes Lächeln über sein putziges Bärengesicht huschen.

Sie rannte die Treppe hinunter und in die Küche, wo das Telefon hing. Als Penny abhob, verschwendete Jani keine Zeit mit langen Begrüßungen. „Ich weiß, was wir machen können!“, platzte sie heraus. „Wir gehen zum Zeitungsarchiv und versuchen, was über diesen Joe herauszufinden.“

Eine halbe Stunde später kamen die beiden Mädchen in Begleitung von Janis Mutter, die in der Lokalredaktion arbeitete, am Bürogebäude der Zeitung an. „Ich habe wirklich keine Ahnung, was ihr beide im Archiv zu finden hofft“, meinte Anna Preston.

„Wir dachten, wir schauen mal nach, wie oft es solche katastrophalen Überschwemmungen in dieser Gegend schon gegeben hat“, schwindelte Jani und hoffte, dass ihre Mutter keine weiteren Fragen stellen würde. Sie log ihre Eltern nur ungern an ...

„Na gut. Dann viel Erfolg! Hier im Archiv herrscht aber

ein Riesenchaos. Wir müssen alles endlich mal katalogisieren", meinte ihre Mutter. Sie zeigte auf ein großes Wandregal, auf dem sich Berge von Zeitungen stapelten. „Die ältesten sind auf der linken Seite. Wenn ihr Lust habt, sie beim Durchstöbern in die richtige Reihenfolge zu bringen, hätte niemand etwas dagegen ...", sagte sie und war bereits auf dem Weg zu ihrem Büro. Die Suche nach Hailey hatte Priorität über alle anderen Vorkommnisse dieses Tages, aber trotzdem gab es in der Redaktion jede Menge zu tun, damit der wöchentliche *Red River Report* rechtzeitig erscheinen konnte.

„Vielen Dank, Mrs. Preston", rief Penny ihr hinterher.

„Das war echt eine gute Idee", sagte sie zu Jani, sobald Anna Preston außer Hörweite war. „Wenn wir irgendwo Informationen darüber finden, ob dieser Joe was auf dem Kerbholz hat, dann hier."

„Das hoffe ich auch. Anderenfalls werden wir niemanden davon überzeugen können, dass da was nicht stimmt, und kein Mensch wird jemals einen Grund sehen, bei Joe eine Hausdurchsuchung zu machen." Jani nahm den am weitesten links liegenden Stapel auf, schleppte ihn zum Tisch und sah auf das Datum der obersten Zeitung.

„Was meinst du? Wie alt mag Joe sein?"

„Schätze so um die siebzig Jahre – vielleicht etwas älter."

Jani seufzte, während sie die erste Zeitung vom Stapel nahm. „Dann sollten wir wohl mit den ältesten Ausgaben anfangen. Dem Datum nach dürfte er zu dieser Zeit so um die zwanzig gewesen sein." Sie beugte sich über die Zeitung und begann, die Schlagzeilen zu überfliegen.

Penny nahm sich die zweite Zeitung vom Stapel. „Na, wenigstens gab es damals noch nicht allzu viele Neuig-

keiten zu berichten – die Ausgabe hier hat gerade mal vier Seiten“, stellte sie fest, als sie die Zeitung durchblätterte.

„Wie heißt Joe eigentlich mit Nachnamen?“

Penny dachte kurz nach. „Mason, glaube ich ...“

Als sich die beiden durch den ersten Zeitungsstapel gearbeitet hatten, war eine Stunde vergangen und Jani spürte, dass sie allmählich Kopfschmerzen bekam. Nur die wenigsten Nachrichten waren interessant. Sie hatte zum Beispiel nicht gewusst, dass der Fluss Ende der Sechzigerjahre einmal so angeschwollen war, dass die halbe Stadt hatte evakuiert werden müssen. In den anderen Artikeln, die mit Überflutungen zu tun hatten, ging es hauptsächlich um zerstörte Häuser und den Verlust unwiederbringlicher Erinnerungsstücke.

Sie erschauderte, als sie daran dachte, wie der Fluss im Moment aussah. Hoffentlich würde er nicht noch mehr über die Ufer treten, so wie damals in den Sechzigern ...

Stumm nahm sie den Zeitungsstapel hoch, legte ihn auf das Regal zurück und brachte den zweiten Stapel zum Tisch. Penny gähnte und streckte sich, bevor sie mit dem Lesen fortfuhr. Bald darauf waren beide Mädchen wieder völlig in die Schlagzeilen und Artikel der jahrzehntealten Nachrichten versunken. Die Ausgaben wurden zunehmend umfangreicher, denn im Lauf der Zeit war die Einwohnerzahl von Red River gestiegen, sodass es immer mehr zu berichten gegeben hatte. Ein paar Seiten konnten sie sich allerdings sparen – zum Beispiel den Lokalsport, das Feuilleton und die Anzeigen.

Und dann, als nur noch drei Zeitungen vor ihnen lagen, fiel Jani auf der Titelseite ein Name auf – Hansen. Rasch überflog sie den dazugehörigen Artikel. Tatsächlich – es handelte sich um jenen Mr. Hansen, der Freedom in einem Stall eingesperrt hatte, als sie noch ein wilder Mustang gewesen war. Der gleiche Mr. Hansen, der ihren Tod herbeigeführt hatte, weil sie sich einfach nicht zähmen hatte lassen. Jani las weiter, dass Mr. Hansen einen Reitunfall gehabt hatte und danach querschnittsgelähmt gewesen war. Ja, keine Frage, das war er. Natürlich war in dem Artikel nicht die Rede davon, welche Rolle Freedom bei seinem Unfall gespielt hatte – sie war ja damals noch eine Geisterseele gewesen.

Als Jani die letzten Zeilen des Artikels las, schnappte sie hörbar nach Luft. „Oh Mann ...“, japste sie und schien wie vom Donner gerührt.

„Was ist denn?“

„Das hier musst du unbedingt lesen, Penny!“

Während ihre Freundin die Zeitung nahm und sich darin vertiefte, starrte Jani wie betäubt aus dem Fenster. Dieser Artikel enthielt schlechte Neuigkeiten. Möglicherweise hatte Freedoms heftige Reaktion auf Joe einen ganz anderen Grund, als Jani bisher vermutet hatte – was bedeutete, dass ihr seltsames Verhalten womöglich gar nichts mit Haileys Verschwinden zu tun hatte. Leider sah es so aus, als lägen die Wurzeln von Freedoms Angst in der fernen Vergangenheit.

HAILEY

Ein paar Minuten später kam der Mann, der angeblich ihr Großvater war, wieder zurück.

„Jenny, mach die Tür auf!“ Diesmal klang seine Stimme fester. „Du musst was essen und dann fahren wir los.“

„Nein ...“, flüsterte sie und fragte sich gleich darauf, ob sie das laut genug gesagt hatte, damit er es hatte hören können.

Lange Zeit herrschte Schweigen, dann vernahm sie, wie er sich räusperte. „Ich ... ich habe die Tasse im Wohnzimmer gefunden. Du hast die Fotos gesehen, nicht wahr? Du kennst die Wahrheit.“

Hailey schluckte nervös. Wie würde er reagieren, wenn sie das bejahte? Würde er zornig werden? Die Tür aufbrechen? Aber sie konnte nicht einfach sagen, dass sie glaubte, dass er ihr Großvater war ... und wenn sie jetzt nichts sagte, wüsste er ohnehin Bescheid. „Ja, ich weiß es.“

„Ich hab das nur gesagt, weil du da draußen im Wald so verwirrt und verängstigt ausgesehen hast. Das ist der einzige Grund. Und jetzt öffne die Tür!“

„Ich heiße gar nicht Jenny, stimmt's?“, fragte sie und zwang sich dazu, sich im Bett aufzurichten. Vor ihren Augen zuckten helle Blitze durch die Dunkelheit, und sie hatte das Gefühl, als würde sich das ganze Zimmer drehen.

„Nein. Es tut mir leid“, gab er zu. Es folgte eine lange

Pause. „Jenny war meine Tochter. Sie ... nun, sie ...“ Er räusperte sich erneut. „Nun, das hat alles nichts damit zu tun, dass du jetzt etwas zu essen brauchst“, beschloss er. „Ich weiß, dass du gesagt hast, dass du keinen Hunger hast und dich gut fühlst, aber du musst dich unbedingt von einem Arzt untersuchen lassen. Und der kann dir dann auch helfen, deine Familie wiederzufinden.“ Als sie immer noch nichts erwiderte, fuhr er mit etwas weicherer Stimme fort: „Schau, du kannst doch nicht ewig da drinnen bleiben. Du musst etwas essen. Selbst wenn du jetzt nicht krank bist – du willst es doch nicht aus reiner Sturheit werden, oder? Hör zu. Ich verstehe, dass du mir nicht traust, aber ich mach dir einen Vorschlag: Ich stelle den Teller vor die Tür und gehe nach draußen vors Haus, wo du mich durch das Fenster sehen kannst. Und dann sperrst du die Tür auf und holst dir das Essen ins Zimmer.“

„Darf ich dann weiterschlafen?“

„Na gut“, sagte er widerstrebend. „Aber du musst mir versichern, dass mit dir wirklich alles in Ordnung ist.“

„Ich bin nur ...“ – aber dann hielt sie inne. Sie wollte wieder sagen, dass sie einfach nur müde war, besann sich dann aber eines Besseren. Sonst würde der Mann womöglich auf die Idee kommen, sie doch noch zu zwingen, mit ihm wegzufahren. Sie bezweifelte, dass er sie tatsächlich ins Krankenhaus bringen würde. Das war doch bestimmt nur ein Trick ... „Mir geht's wirklich gut“, erklärte sie und fügte hinzu: „Ich könnte auch noch etwas Wasser vertragen.“

„Okay.“

Sie hörte, wie er von der Tür wegging, gleich darauf wieder zurückkam und etwas auf dem Holzboden vor der Tür abstellte. Danach war alles ruhig.

„Und jetzt gehen Sie nach draußen, damit ich Sie vom Fenster aus sehen kann." Die Worte flossen wie zäher Sirup aus ihrem Mund.

Als sie hörte, wie die Haustür ins Schloss fiel, stieg sie mühsam aus dem Bett und schleppte sich ans Fenster.

Was war bloß mit ihr los? Trotz des vielen Schlafs fühlte sie sich miserabler als je zuvor – dabei hätte es ihr doch inzwischen besser gehen müssen. Vielleicht sollte sie ihm einfach vertrauen, dass er sie tatsächlich ins Krankenhaus fahren würde ...

Ihre Hände zitterten, als sie sich auf die Fensterbank stützte und nach draußen blickte. Da stand er im strömenden Regen und hielt eine Laterne. Sekunden später war er klatschnass.

Sie zog die Gardine wieder zu und stolperte zur Tür. Schon dieser kurze Weg kostete sie unendlich viel Kraft, und als sie angekommen war, musste sie sich schwer atmend an die Wand lehnen.

Sollte sie es wirklich wagen, die Tür zu öffnen?

Ja. Sie brauchte unbedingt etwas zu essen und zu trinken.

Irgendwie schaffte sie es mit letzter Kraft, den Sessel wegzuschieben und die Tür einen Spalt zu öffnen. Draußen stand niemand! Mit bebenden Fingern griff sie nach dem Tablett, auf dem ein Teller mit Essen, ein Becher mit Wasser und eine Taschenlampe waren, und zog es ins Zimmer.

Plötzlich hörte sie, wie die Haustür aufging. Mit aufgerissenen Augen sah sie hoch.

Er kam zurück!

Sekunden später knallte sie die Tür zu und kämpfte mit dem wuchtigen Sessel, um ihn wieder unter die Klinke zu schieben. Musste das Ding denn so schwer sein?!

„Das ist nicht nötig“, hörte sie ihn von draußen sagen. „Ich tu dir doch nichts.“

„Es tut mir leid“, wisperte sie betreten, und einen Moment lang fühlte sie das wirklich. Aber dann gewann ihre Vernunft wieder die Oberhand – schließlich hatte sie es hier mit einem fremden Mann zu tun, der sie schon einmal belogen hatte. Vertrauen war da nicht angesagt. Endlich gelang es ihr, die Tür wieder zu verbarrikadieren. Dann tastete sie nach der Taschenlampe und knipste sie an.

„Gleich morgen früh fahre ich in die Stadt und sage der Polizei Bescheid, dass du hier bist.“

Sie kauerte sich auf den harten Holzboden. Warum ging er nicht einfach weg und ließ sie in Ruhe?

„Schmeckt dir das Essen?“

Sie starrte auf den Teller. Das Zeug darauf sah nicht sehr appetitlich aus ... aber sie würde sich wohl zwingen, es zu essen. Später ... „Ist ganz okay“, schwindelte sie.

„Also, wenn du noch was brauchst, dann ruf mich einfach. Ich bin gleich nebenan.“

Hailey hatte beide Arme fest um ihre Knie geschlungen und antwortete nichts darauf. Sie würde bei ihrem Plan bleiben: Sobald sie sich ausgeruht genug fühlte, würde sie versuchen zu fliehen.

JANI

„Mom?“

Janis Mutter drehte sich zu ihr um, und Jani fiel auf, dass sie dunkle Ringe unter den Augen hatte. Erst die stundenlange Suche im Sattel und jetzt der ganze Bürokram – kein Wunder, dass ihre Mutter hundemüde war.

„Na, genug geschmökert für heute?“, fragte sie. „Also ich mache jetzt jedenfalls Feierabend.“

„Wir haben da was, das du dir unbedingt anschauen solltest“, sagte Jani und hielt ihrer Mutter eine Zeitung hin.

Ihre Mutter schlüpfte in den zweiten Jackenärmel, seufzte und setzte sich wieder auf ihren Stuhl. „Was denn?“

„Den Artikel über das verschwundene Mädchen.“

Anna Preston überflog den Text – den zweiten, den Jani und Penny über Joe Mason entdeckt hatten. Den ersten, der sie beide noch mehr verblüfft hatte, konnten sie ihr leider nicht zeigen, weil Janis Mutter nichts über die Umstände von Freedoms Wiedergeburt wusste. Es würde ihr nichts sagen, dass Joe und Mr. Hansen früher einmal Partner gewesen waren, bevor Mr. Hansen verunglückt war. Und auch dass die beiden Mustangjäger gewesen waren, würde in ihren Augen nichts bedeuten, denn sie würde nie und nimmer glauben, dass Freedom einer von diesen Mustangs gewesen war – geschweige denn, dass sie aufgrund von Mr. Hansens Grausamkeit gestorben war – und indirekt auch wegen Joe.

Dieser zweite Artikel musste Janis Mutter allerdings misstrauisch machen – vielleicht so sehr, dass sie die Polizei bitten würde, sich bei Joe einmal genauer umzusehen.

„Und was ist dann passiert?“, fragte sie und sah beunruhigt von der Zeitung auf. „Haben sie das Mädchen von diesem Joe gefunden? Bei so einem wichtigen Vorfall muss es doch einen Folgeartikel gegeben haben.“

„Keine Ahnung. Wir wollten dich das erst lesen lassen.“

„Nun, dann gehen wir mal die folgenden Ausgaben durch.“ Janis Mutter ging zum Regal hinüber, holte die nächste Zeitung und überflog die Schlagzeilen.

Die Mädchen nahmen sich die beiden nächsten Ausgaben vor. Es dauerte nicht lange, bis sie fündig wurden.

„Hier ist es!“, rief Penny.

Jani sah, dass ihre Freundin enttäuscht wirkte. „Was?“

„Joes Tochter ist zu ihrer Tante gezogen.“

„Aber ihr Vater muss doch gewusst haben, dass sie dorthin geflüchtet ist.“

Janis Mutter nahm Penny die Zeitung aus der Hand und las den Artikel zu Ende. „Sie ist wohl ausgerissen, aber nicht, weil ihr Vater ihr irgendwas angetan hätte. Sie hat gesagt, dass sie gerne bei ihrer Tante in der Stadt leben wollte. Anscheinend hat ihr ihre Mom sehr gefehlt.“ Janis Mutter legte die Zeitung auf dem Tisch ab. „Hier steht, dass sie ein Jahr zuvor gestorben ist.“

Jani lehnte sich zurück und schloss die Augen. Mist – jetzt waren sie so nah dran gewesen, Joe etwas Zwielichtiges nachzuweisen! Einen Moment lang spielte sie mit dem Gedanken, ihrer Mutter von Freedoms früherem Leben zu erzählen, aber genauso schnell verwarf sie ihn wieder. Ihre Mutter würde ihr kein Wort glauben.

Jani seufzte auf. Was könnten sie jetzt noch unternehmen? Kein Mensch schien in Betracht zu ziehen, dass Joe Hailey gefangen hielt. Wenn Jani ganz ehrlich war, glaubte sie inzwischen schon selbst fast nicht mehr daran.

„Na, Mädels – seid ihr so weit?“, fragte Janis Mutter.

„Ja“, entgegnete Jani leise.

Penny stupste sie an, und als Jani ihre Freundin anschaute, verbarg die hinter vorgehaltener Hand ein übertriebenes Gähnen – und zwinkerte ihr dabei zu. Ein kleines Lächeln umspielte Janis Mundwinkel. Penny hatte offensichtlich einen Plan. Sie war einfach klasse!

„Oh, was ist denn mit dir, Penny? Müde?“

„Du, ich bin vollkommen erledigt.“

„Ich auch“, bemerkte Janis Mutter – aber sie war die Einzige, die auch wirklich müde war.

„Ach, ich glaube, ich werde heute mal früh schlafen gehen“, meinte Penny, als die drei das Archiv verließen.

„Vielleicht gibt es ja morgen früh die gute Neuigkeit, dass sie Hailey gefunden haben“, fügte Jani rasch hinzu.

„Genau, Mädchen, das ist die richtige Einstellung! Nur nicht den Kopf hängen lassen“, lobte Janis Mutter sie und sperrte die Tür hinter sich ab.

Jani grinste Penny verstohlen an. Ja, sie würden heute Abend zeitig zu Bett gehen. Und morgen früh würde es vielleicht für alle eine wunderbare Neuigkeit geben – denn sobald ihre Eltern eingeschlafen waren, würden sie und Penny sich aus dem Haus schleichen und nach Hailey suchen!

FREEDOM

Anscheinend hatte Jani endlich begriffen, worum es ging! Freedom wartete ungeduldig, bis ihre Besitzerin Keeta fertig aufgezäumt und gesattelt hatte.

Wie hatte sie nur daran zweifeln können, dass das Mädchen clever genug war, eins und eins zusammenzuzählen? Jani war zwar manchmal nicht die Schnellste, aber sie begriff dann doch immer, was Freedom ihr sagen wollte.

Als Jani mit dem Fohlenhalfter auf sie zuging, duckte Freedom ihren Kopf weg.

„Na komm, Freedom. Ich muss dich an den Führstrick nehmen. Es ist zu gefährlich da draußen“, sagte Jani leise, während sie dem Fohlen folgte, das versuchte, sich hinter seiner Mutter zu verstecken.

Freedom schnaubte und wich weiter zurück. Sie hasste es, angebunden zu sein, hatte sich jedoch bisher immer willig gezeigt, weil sie Jani vertraute. Aber allein bei der Vorstellung, diesem Scheusal aus dem Wald gegenüberzustehen und sich nicht frei bewegen zu können, begann ihr Herz zu rasen. Wenn es dem Mann gelänge, sich den Führstrick zu schnappen – wer wusste, was er ihr dann antun würde?

Aber wenn Jani nun darauf bestand und sie sonst womöglich hier lassen würde ...? Die junge Stute sah durch das Stallfenster in die Nacht hinaus. Sie spürte ganz deutlich, dass Hailey sie dringend brauchte ...

Plötzlich spürte sie, wie sich der Führstrick um ihren Hals legte. Freedom bäumte sich auf und schlug mit den Hufen in die Luft.

Jani schrie auf, fiel rückwärts hin, und Keeta warf sich zwischen die beiden

Freedoms Vorderhufe kamen wieder auf dem Boden auf. Sie hatte nach Jani ausgeschlagen – ausgerechnet Jani, die sie doch von Herzen lieb hatte! Warum? Saß ihre Angst vor der Vergangenheit wirklich noch so tief? Jani und Keeta würden doch niemals zulassen, dass der Mann ihr etwas antat. Das wusste sie doch eigentlich ...

„Freedom ...?“ Jani stand zögernd auf.

Das Fohlen schnaubte leise und stupste Keeta besänftigend an. Dann ging es langsam und verlegen auf Jani zu und wieherte ganz leise, um sich bei ihr zu entschuldigen.

Jani ließ den Führstrick fallen. „Es tut mir leid, Freedom.“ Sie streckte der jungen Stute eine Hand entgegen.

Freedom drückte liebevoll ihr weiches Maul in Janis Handfläche, tat einen weiteren Schritt auf sie zu und schmiegte die Stirn an die Brust ihrer Besitzerin. Dieses Mädchen war ihr Ein und Alles. Es war ihr Leben. Wenn sie doch nur wiedergutmachen könnte, dass sie es durch ihr unüberlegtes Verhalten so erschreckt hatte.

Entschlossen hob sie mit dem Maul den Führstrick vom Boden auf. Wenn Jani sie führen wollte, dann würde sie sich nicht länger dagegen sträuben. Als sie damals, nach ihrem Leben als rastlose Geisterseele, als lebendiges Pferd zurückgekehrt war, hatte sie sich für das Leben mit diesem Mädchen entschieden. Sie war kein wilder Mustang mehr. Es war an der Zeit, die Vergangenheit endgültig hinter sich zu lassen.

JANI

Binnen weniger Minuten, nachdem Jani und die beiden Pferde den Stall verlassen hatten, waren sie alle klatschnass. Der Wind blies so stark, dass der Regen seitwärts gefegt wurde. Die Tropfen rannen Jani wie eisige Fingerspitzen den Rücken hinab.

Am Ende des Solomon Way wartete Penny schon auf sie. Als Jani ihre Taschenlampe auf sie richtete, boten ihre Freundin und Sunny ein wahres Bild des Jammers.

„Tolles Wetter", stellte Penny fest, während die beiden ihre Pferde auf die Landstraße lenkten. Nach etwa zwei Kilometern würden sie in eine Nebenstraße abbiegen müssen, die irgendwann zum Holzfällerweg abzweigte. Der würde dann bis zu der Brücke führen, wo sich die Suchtrupps versammelt hatten. Von dort aus würden sie den Weg zu Joes Haus wiederfinden müssen – ein schmaler, unbefestigter Pfad, der von der Holzfällerstraße abging. Notfalls konnten sie immer noch den Weg nehmen, den sie vor einigen Stunden geritten waren, als sie nach Freedom gesucht hatten – erst am Fluss entlang und dann auf den Waldweg, der bis zu der Weide vor Joes Haus führte. Jani hoffte allerdings inständig, dass sie nicht noch einmal dem reißenden Gewässer folgen mussten. Schon bei Tageslicht war das riskant gewesen, aber jetzt – wäre es der helle Wahnsinn.

„Gut, dass wir anscheinend die Einzigen sind, die sich bei

diesem Sauwetter hier draußen herumtreiben!“ Penny musste schreien, um den Regen zu übertönen. „Sonst könnte noch jemand unseren Eltern Bescheid sagen.“

Jani lachte, obwohl ihr eigentlich gar nicht danach zumute war. Selbst wenn es ihnen gelingen sollte, zu Joes Haus zu gelangen, und Hailey tatsächlich dort war – was konnten sie und Penny schon machen, um ihr zu helfen?

„Ich glaube, meine Mutter hat Verdacht geschöpft“, meinte Penny. „ Bei ihr war bis fast ein Uhr das Licht an.“

„Also meine Eltern haben bestimmt keine Ahnung“, entgegnete Jani. „Die sind schon um zehn ins Bett gegangen und keine zwei Minuten später haben sie geschlafen. Ich hab meinen Dad schnarchen hören – wie ein Sägewerk.“

Als sie die erste Wegbiegung erreichten, seufzte Jani kurz auf. Sie hatten noch so einen langen Weg vor sich ...

Aber es stellte sich heraus, dass die Abzweigung zu der Holzfällerstraße gar nicht so schwer zu finden war wie Jani befürchtet hatte. Der Weg war ziemlich ausgetreten und gut zu erkennen. Obwohl außer Joe niemand hier draußen lebte, kamen am Wochenende viele Leute hierher, um zu wandern oder im nahe gelegenen Fluss zu angeln.

Jani zog Freedom zu sich heran, bis sie direkt neben Keeta stand. Dann beugte sie sich hinab und klinkte den Führstrick aus. Um diese Uhrzeit und bei diesem Wetter war garantiert niemand auf der Straße, und Freedom konnte gefahrlos frei neben ihrer Mutter und Sunny hertraben.

Nach einer Weile wurde die Holzfällerstraße zunehmend steiler. Freedom preschte oft voraus und kam dann wieder zurückgetrabt, als wolle sie die anderen auffordern, sich doch bitte zu beeilen. Keeta und Sunny ließen sich davon aber nicht beeindrucken und trabten gleichmäßig dahin.

Jani beugte sich vor und lobte Keeta, die von Regen und Schweiß ganz nass war. Als die Straße in ein kleines Tal führte, trabten die beiden älteren Pferde schneller.

Bald würden sie die Brücke erreichen. Jani war erleichtert. Bisher war alles gut gegangen ...

„Ich hör den Fluss schon rauschen", sagte Penny da.

Plötzlich gab es vor ihnen ein lautes, knirschendes Geräusch, gefolgt von einem heftigen Platschen. Janis Herz begann zu rasen. Sie knipste ihre Taschenlampe an und richtete den Lichtkegel auf die Straße, die vor ihnen lag ...

... oder vielmehr: gelegen hatte. Dieser Teil der Holzfällerstraße war nämlich verschwunden! Der Fluss war inzwischen so weit über die Ufer getreten, dass er das angrenzende Land überflutet hatte. Die Straße war überschwemmt! Als Jani den Lichtstrahl in die Ferne richtete, krampfte sich ihr Herz zusammen. Weit vorne sah sie eine kleine, dunkle Gestalt strampelnd gegen die reißenden Wassermassen ankämpfen.

„Freedom!", schrie Jani aus Leibeskräften.

Keeta machte einen Satz vorwärts. Die Stute zögerte keine Sekunde, sich in die gurgelnden Fluten zu werfen, und Jani kam aus dem Gleichgewicht. Während Keeta versuchte, in dem Strom zu schwimmen, klammerte sich Jani mit aller Kraft an der langen Mähne der Stute fest. Eiskaltes, schmutziges Wasser klatschte ihr ins Gesicht.

Als Keeta endlich wieder Boden unter den Hufen hatte, fand auch Jani das Gleichgewicht wieder. Die Stute watete schnell auf das schwarze Fohlen zu, das immer noch verzweifelt gegen den starken Strom ankämpfte. Die Strömung trieb es langsam, aber sicher in das tiefere Wasser.

„Genau wie Hailey", schoss es Jani durch den Kopf. Aber

sie schob diesen Gedanken rasch beiseite. „Los, Keeta, gleich haben wir's", murmelte sie. Erstaunlicherweise wirkte das Fohlen gar nicht panisch ... jedenfalls schien es unbeirrt auf das andere Ufer zuzuhalten. Nur noch der edle Kopf ragte aus dem reißenden Wasser.

Als Jani hinter sich ein lautes Platschen hörte, wusste sie, dass Penny und Sunny ihr folgten, aber sie wagte es nicht, Freedom aus den Augen zu lassen. Was, wenn die Kleine in diesem Moment von der Strömung erfasst und außer Sichtweite getrieben wurde? Quälend langsam kamen sie dem Fohlen immer näher.

Schließlich stieß Freedom, von der Strömung getrieben, unsanft an Keeta, aber die Stute hielt dagegen. Sie stand mit allen vier Hufen auf dem Flussboden, konnte das Gleichgewicht gut halten und steuerte zielstrebig auf das andere Ufer zu, Freedom dicht an ihrer Seite.

Endlich wagte Jani einen Blick über die Schulter. Gott sei Dank! Penny und Sunny waren direkt hinter ihnen – wenngleich Sunny die Ohren angelegt hatte und sich nichts sehnlicher zu wünschen schien, als sofort kehrtzumachen.

Als sie das Ufer endlich erreichten, versuchte Freedom, die Böschung hochzukommen. Beim ersten Versuch glitt sie aus und fiel zurück ins Wasser, aber beim zweiten Anlauf schob ihre Mutter sie mit dem Kopf von hinten energisch an, und dann funktionierte es.

Kurz darauf hatten es auch Penny und Sunny geschafft und standen neben ihnen auf sicherem Untergrund.

„Nun, sollen wir zu neuen Taten aufbrechen?", ermunterte die klitschnasse und zitternde Jani ihre Freundin.

„Aber sicher doch! Was für eine brillante Idee."

HAILEY

Sie hörte das Schreien wie aus weiter Ferne. Es schien so unendlich weit weg, als habe es gar nichts mit ihr und ihrer Situation zu tun. Die Stimme schrie nur immer wieder den gleichen fremden Namen. Schließlich gab Hailey auf und versank wieder in einem tiefen, dunklen Nebel aus Schlaf.

Dann plötzlich ein lautes Krachen und Splittern ... und im nächsten Moment spürte sie, wie sich eine Gestalt über sie beugte. Rasche, hektische Bewegungen ... Aber sie war so müde ... Später. Später würde sie darüber nachdenken, was gerade los war ...

Aber dann merkte sie, wie sie von zwei starken Armen hochgehoben wurde. „Was machen Sie?"

„Nichts. Schlaf einfach weiter." Eine Männerstimme.

„Lassen Sie mich in Ruhe! Wo ist meine Mutter?" Wenn sie ihre Mutter erwähnte, würde er sie bestimmt loslassen.

„Du erinnerst dich an deine Mutter?"

Warum fragte er das? Natürlich erinnerte sie sich an ihre Mutter! Allerdings ... sie wusste nicht mehr, wie die aussah. Hatte deren Namen vergessen. Eiskalte Furcht kroch ihr den Rücken hinauf.

Und dann fiel es ihr plötzlich wieder ein. Jemand hatte sie an einem Flussufer gefunden ... ein Mann, der behauptete, ihr Großvater zu sein. Aber er hatte sie angelogen. Er war kein Verwandter. Er war ein Fremder.

Sie zwang sich, den Kopf zu drehen, um dem Unbekannten, der sie in den Armen hielt, ins Gesicht zu schauen. Ja, das war er – der alte Mann, der sie angelogen hatte! Er hatte die Tür zu ihrem Zimmer aufgebrochen und versuchte, sie wegzutragen!

Mit einem Schlag war sie hellwach. Sie begann zu schreien, wild mit den Beinen zu strampeln und um sich zu schlagen. Nur weg von diesem Fremden!

Als ihre Faust ihn am Auge traf, stöhnte er vor Schmerz auf. Aber er ließ sie nicht fallen, sondern legte sie behutsam auf einer Couch ab und begann, sie in eine Decke einzuhüllen.

Was hatte er mit ihr vor? Sie musste weg, aber jetzt konnte sie sich nicht einmal mehr rühren. Sie musste etwas unternehmen – irgendwas! – bevor es zu spät war.

JANI

Nach etwa einer Minute erreichten sie die Brücke, die über den Fluss führte. Wie immer war Freedom weit voraus.

„Sei vorsichtig, Freedom!“, rief Jani und hielt den Lichtkegel der Taschenlampe auf das schwarze Fohlen gerichtet. Und als hätte sie Janis Worte verstanden, blieb Freedom kurz stehen und senkte den Kopf.

Jani hielt Keeta neben Freedom an und ließ den Lichtstrahl über die Brücke wandern. „Oh Gott, die schwankt! Die Brücke schwankt wie verrückt“, sagte sie verblüfft. „Schau dir das an, Penny!“

„Meinst du, wir können da rüber?“

„Die Pferde werden es wissen. Wir überlassen ihnen die Entscheidung.“

Keeta, Sunny und Freedom standen mit gesenkten Köpfen fast eine Minute lang zögernd da, bis einer von ihnen den ersten Schritt wagte – natürlich war es Freedom; wie konnte es anders sein? Ganz vorsichtig setzte sie einen Huf vor den anderen. Nach ein paar Metern verharrte sie wieder und ging dann langsam, aber unbeirrt weiter. Kurz darauf setzte sich auch Keeta in Bewegung, gefolgt von Sunny.

Jani spürte, wie sich die Schwingungen der Brücke auf Keeta übertrugen.

„Wahnsinn, dass die sich da rübertrauen“, hörte sie Penny ängstlich hinter ihr sagen.

Als sie die Brücke fast überquert hatten, blieb Freedom abrupt stehen.

„Was ist denn jetzt wieder los?“, schrie Penny.

Plötzlich blitzten vor ihnen auf der anderen Seite der Brücke Scheinwerferlichter durch den strömenden Regen.

„Da kommt jemand!“, kreischte Jani. Sie trieb Keeta zum Galopp an und preschte an Freedom vorbei bis zum Ende der Brücke. „Los, komm, Freedom!“, rief sie dem Fohlen zu und lenkte Keeta zu den Bäumen, unter denen sie am Nachmittag gestanden hatten. Sobald sie im Wald waren, würde der, der in dem Wagen saß, sie nicht mehr sehen.

Unter einem hängenden Ast hielt sie Keeta an, und gleich darauf standen Penny und Sunny keuchend neben ihr.

„Wer ist das? Hast du jemanden erkannt?“, fragte Penny und starrte dem Fahrzeug mit schreckgeweiteten Augen entgegen. Die Lichter kamen immer näher.

„Nein. Ich hoffe nur, dass unsere Eltern nicht bemerkt haben, dass wir uns aus dem Haus geschlichen haben.“

„Das glaub ich nicht. Vielleicht ist es Joe“, wisperte Penny. Das Fahrzeug war inzwischen fast auf ihrer Höhe.

Urplötzlich trat der Fahrer hart auf die Bremse. Der Pickup schlitterte zur Seite und eine Fontäne aus Schlamm und Wasser spritzte auf. Jani glaubte, einen Schrei gehört zu haben, aber vielleicht irrte sie sich auch ...

Und dann erkannte sie den Fahrer: Es war tatsächlich Joe.

Was sie dann sah, ließ ihr das Herz gefrieren. Dass Joe so plötzlich gebremst hatte, war nicht wegen ihr und Penny oder wegen der beiden erwachsenen Pferde gewesen.

Im Scheinwerferlicht zwischen dem Pick-up und der Brücke stand Freedom – mit angelegten Ohren, stampfenden Hufen und wild hin und her fegendem Schweif!

HAILEY

Hailey wurde nach vorne geschleudert und schrie gellend. Ihre Schulter stieß an etwas Hartes. Was war geschehen? Ihr war kalt und sie hatte das Gefühl, als wäre alles um sie herum in unendlich weiter Ferne. Selbst den Schmerz in ihrer Schulter spürte sie gar nicht.

„Nein ... das kann sie nicht sein!“, sagte die Stimme eines Erwachsenen, die Verblüffung und Entsetzen verriet.

Ein Mann war bei ihr – und er schien große Angst zu haben. Im nächsten Moment packte er sie am Arm.

Als er sie wieder losließ, öffnete sie mühsam die Augen. Woran hatte sie sich gestoßen? Ah – das sah aus wie das Armaturenbrett eines Pick-up. Und wer war der Mann, der sie wieder auf den Sitz zurückbefördert hatte?

„Es tut mir leid. Hast du dir wehgetan?“, fragte er.

Im schwachen Licht des Wagens konnte sie ihn kaum sehen. „Was ist passiert?“, flüsterte sie.

„Das war sie!“ Mit aschfahlem Gesicht starrte der Mann hinaus auf die Straße. „Sie ist zurückgekehrt.“

Mit letzter Kraft richtete sich Hailey so weit auf, dass sie durch die Windschutzscheibe sehen konnte. Auf der Straße stand ein kleines, schwarzes Pferd.

Das kannte sie doch ... dieses Pferd hatte sie doch schon mal gesehen!

„Freedom“, murmelte sie und lächelte. Jani ... Freedoms

Besitzerin ... hatte ihr doch beibringen wollen, wie man mit Pferden umging, damit ... Elaine ... ja, genau, damit Elaine niemals erfuhr, dass sie, Hailey, eigentlich schreckliche Angst vor Pferden hatte.

„Was hast du da gesagt?"

„Freedom", wisperte Hailey wieder.

„Woher kennst du ihren Namen?" Der Fremde klang, als würde er sich an seinen eigenen Worten verschlucken.

„Ich erinnere mich an sie. Und ich erinnere mich auch, dass ...", stieß Hailey atemlos hervor. Sie riss die Augen auf. Plötzlich sah sie alles wieder vor sich.

... das Auto, das im Regen über die nasse Straße rutschte. Die Scheibenwischer. Den prasselnden Regen. Das Wasser, das an die Frontscheibe krachte. Ihre Mutter, die sich nicht bewegte ... Wie sie ihren Sicherheitsgurt löste, damit sie Hilfe holen konnte ... und dann der Fluss, der eiskalte, grausame Fluss, in dem sie hilflos davontrieb. Wie dieser Mann, der vorgab, ihr Großvater zu sein, sie am Ufer fand ... und dann gefangen hielt ...

„Sag mir, was du über dieses Pferd weißt", befahl der Mann. „Was macht es hier? Warum ist es zurückgekommen? Ich begreife das alles nicht ..."

Hailey versuchte, ihm zu sagen, dass er weggehen sollte ... aber sie brachte keinen Laut hervor. Sie schloss die Augen. Sie war am Ende ihrer Kräfte. Sie konnte nicht mehr. Was, wenn ihre Mutter tot war? Das war alles einfach unerträglich. Sie wollte nur noch Ruhe, Ruhe, Ruhe; sie wollte sich einfach in die Dunkelheit sinken lassen – weit weg von der Angst, weit weg von ihrer Erschöpfung, ihrer Krankheit, ihren Schmerzen, ihrer Einsamkeit.

Und genau das tat sie jetzt ...

FREEDOM

Freedoms Beine zitterten, als der Pick-up auf sie zugerast kam. Als er abrupt bremste, weiterrutschte und nur wenige Zentimeter vor ihr zum Halten kam, musste sie all ihren Mut aufbieten, um nicht einfach wegzulaufen. In dem Wagen saß der Unmensch ... und vielleicht würde er sie auch diesmal wieder einfangen und von zu Hause wegholen.

Aber sie wusste auch, dass Hailey in dem Pick-up war. Obwohl das Mädchen auf dem Beifahrersitz lag und Freedom noch nicht mal seinen rotbraunen Haarschopf sehen konnte, spürte sie seine Anwesenheit, wenn auch nur ganz schwach. Und sie spürte, dass Hailey ihre Hilfe brauchte. Hatte das Scheusal sie etwa verletzt?

Freedom schnaubte. Diesmal würde sie sich dem Mann stellen – koste es, was es wolle. Sie musste verhindern, dass er das Mädchen verschleppte.

JANI

„Mensch, was machen wir denn jetzt?“, flüsterte Penny.

„Ich wette, dass er Hailey da drinnen hat.“

Penny runzelte die Stirn, als sie zu dem Pick-up schaute. „Ich kann sie nicht sehen ...“

Jani glitt aus dem Sattel und band Keeta an einem Ast an. „Vielleicht liegt sie auf dem Rücksitz. Wir müssen sie irgendwie da rausholen, ohne dass Joe etwas bemerkt.“

„Ach – aber sonst geht's dir gut, oder? Wie sollen wir das denn schaffen? Das ist völlig unmöglich!“ Penny stieg ebenfalls ab und band Sunny neben Keeta an.

Da öffnete sich auf einmal die Fahrertür und in der Kabine ging das Licht an. Joe stieg aus! Jani sah, wie er die Tür halb offen ließ und vorsichtig auf Freedom zuging.

„Siehst du? Sie ist nicht in dem Wagen“, sagte Penny.

Atemlos beobachtete Jani, wie ihr Fohlen den Mann gefährlich nah an sich herankommen ließ – bis es plötzlich den Kopf hochwarf und ein paar Schritte rückwärts ging.

Freedoms blaue Augen leuchteten im Scheinwerferlicht.

„Wir müssen trotzdem nachsehen“, bestimmte Jani erleichtert. „Los, komm!“

Geduckt huschten die Mädchen zu dem Pick-up hinüber. Als sie am Heck ankamen, streckte Jani vorsichtig den Kopf um die Ecke. Joe war weit weg. Er hatte sie nicht bemerkt und versuchte immer noch, Freedom einzufangen.

Die Mädchen schlichen sich zur Beifahrertür. Jani öffnete sie so leise sie konnte. Auf dem Sitz lag Hailey, zusammengerollt in Unmengen von Decken.

„Hailey", wisperte Jani. Sie streckte die Hand aus und schüttelte das Mädchen behutsam. „Hailey, komm mit uns! Schnell, beeil dich!"

Hailey regte sich nicht.

„Glaubst du, sie ist ...", flüsterte Penny tränenerstickt.

„Hailey, komm schon, wach auf!", raunte Jani dem Mädchen ins Ohr. „Wir sind gekommen, um dich zu retten."

Haileys Lider zitterten. Sie öffnete ein Auge. „Jani?"

„Ja, ich bin's! Du musst aufstehen", sagte Jani und versuchte, dabei möglichst ruhig zu klingen. „Penny und ich bringen dich heim, okay? Aber wir müssen uns beeilen, bevor Joe etwas merkt!" Sie sah nach vorne. Der Mann war immer noch damit beschäftigt, Freedom nachzulaufen. Wie klug und tapfer ihr Fohlen doch war! Jani selbst hätte nie den Mut aufgebracht, sich dem Mann entgegenzustellen, aber Freedom schien die Situation gut zu meistern – sie ließ ihn immer wieder nah an sich herankommen und lockte ihn auf diese Weise immer weiter von dem Pick-up weg.

Als Jani wieder auf den Beifahrersitz blickte, war Hailey schon wieder eingeschlafen.

„Hailey, wach doch auf!" Pennys Stimme war etwas zu laut. „Jani, glaubst du, dass Joe ihr was angetan hat? Wir müssen sie schnell von hier wegbringen! Freedom wird ihn nicht ewig ablenken können", sprudelte es aus ihr hervor.

„Wir müssen sie tragen", beschloss Jani. Sie schaute zu Joe hinüber. Im Moment stand er da, starrte Freedom an und murmelte etwas vor sich hin. Jani beugte sich zu Hailey. „Wir werden dich jetzt tragen, hörst du?"

„Okay“, wisperte das Mädchen fast unhörbar. Es versuchte, sich aufzusetzen, sackte aber wieder in sich zusammen.

Penny packte Haileys linken Arm und Jani den rechten.

„Meine Mutter ... ist alles okay mit ihr?“ Hailey sprach so leise, dass Jani sie kaum verstehen konnte.

„Ja, ihr geht's gut. Sie macht sich nur schreckliche Sorgen um dich. Wie wir alle.“

Jani und Penny hoben Hailey behutsam aus dem Wagen. Während sie mit ihr so schnell wie möglich zu den Bäumen liefen, fielen die Wolldecken herunter und landeten in einer Schlammpfütze. Als sie endlich bei den Pferden ankamen, wieherte Keeta leise und berührte Haileys Kopf mit ihrem samtweichen Maul.

„Halt sie fest, während ich aufsteige“, befahl Jani. „Dann schiebst du sie hoch und ich ziehe sie vor mich in den Sattel.“

Penny nickte. „Aber beeil dich!“, drängte sie.

„Jenny? Wo bist du?“

Jani zuckte zusammen.

„Was machen wir jetzt?“, fragte Penny panisch.

Jani dachte fieberhaft nach. Sollten sie sich im Wald verstecken, bis er aufgab und nach Hause fuhr? Aber Hailey brauchte einen Arzt, und zwar sofort. Sie mussten rasch fliehen. Doch mit der geschwächten Hailey konnten sie nicht so schnell reiten – sie waren beide nicht kräftig genug, um Hailey auf einem galoppierenden Pferd im Sattel festzuhalten. Joe würde sie spielend einholen.

„Jenny!“ Er suchte sie und kam näher. Jani blendete das Geräusch seiner durch den Schlamm platschenden Stiefel und seine Stimme aus. Sie musste Ruhe bewahren und scharf überlegen. Also: Er hatte sie noch nicht gesehen, sobald sie allerdings aus dem dunklen Wald herauskämen, wären sie sofort in seinem Sichtfeld. Wie sollten sie die Brücke überqueren, solange er da war?

„Was machen wir denn jetzt bloß?“, wiederholte Penny leise schluchzend.

„Was würde Freedom jetzt tun?“, überlegte Jani. Das Fohlen war so selbstsicher, obwohl Joe nur wenige Zentimeter von ihr entfernt war ...

Und dann hatte Jani plötzlich eine Idee: Sie mussten genau das gleiche Spiel spielen wie Freedom. Eine von ihnen musste unbemerkt davonreiten und Hailey in Sicherheit bringen, während die andere der Lockvogel war und Joe ablenkte, solange es ging. Und da sie so etwas Riskantes nie und nimmer von Penny verlangen konnte, würde sie die Rolle des Lockvogels übernehmen. Das hieß, dass sie Joe Auge in Auge gegenübertreten musste – genau wie Freedom jetzt.

Gleich nachdem sie Penny ihren Plan mitgeteilt hatte, war Penny aufgestiegen und hinter den Sattel gerutscht. Jetzt hielt sie die Zügel in einer Hand. „Ho, es ist alles gut, mein Junge“, sagte sie, als der Wallach unruhig tänzelte. Dann beugte sie sich seitlich herab, packte Haileys Arm und zog sie vor sich in den Sattel, während Jani von unten nachhalf.

Jani war überrascht, wie leicht das Mädchen war.

Endlich saß Hailey rittlings vor Penny im Sattel. Als Jani sie losließ, gab Hailey einen tiefen Seufzer von sich und sackte nach vorne über den Sattelknauf. Penny legte ihr sofort einen Arm um die Taille und richtete sie auf.

Dann stieg Jani mit zitternden Beinen auf Keeta.

„Sei vorsichtig“, bat Penny sie.

Sie blickten beide zur Straße. Die Beifahrertür des Pick-up stand offen und Jani konnte Joe in dem schwachen Licht erkennen. Er hatte wohl eben die Decken im Schlamm gefunden – und jetzt sah er genau in ihre Richtung.

Jani hatte große Angst und schloss für einen Moment die Augen, um all ihren Mut zu sammeln. Sie musste einfach nur versuchen, ihn immer etwas auf Distanz zu halten.

Wäre Freedom doch bloß bei ihr, um ihr zu helfen – aber das Fohlen war weit und breit nicht mehr zu sehen.

„Viel Glück“, wisperte Penny.

Jani fühlte sich zu elend, um etwas zu erwidern. Jetzt war keine Zeit mehr, nach Freedom zu suchen – Joe kam bereits auf sie zugelaufen. Sie ritt Keeta an und lenkte sie gleich hinter dem Pick-up auf die Straße. Viel zu schnell kamen sie aus dem schützenden Wald heraus. Jetzt musste Jani Joe einen Grund liefern, sie zu verfolgen, anstatt weiter nach Hailey zu suchen.

Da kam ihr plötzlich eine Idee: Joe würde ihr nachlaufen, wenn er dachte, dass sie Hailey bei sich hatte. Sie musste sich also nur weit genug von den Lichtern des Pick-up entfernt halten, damit er sie nicht deutlich sehen konnte, und so tun, als ob sie Hailey vor sich sitzen hätte.

Keetas Hufe knirschten auf dem Kies, und in dem Moment, als Joe das hörte, wendete Jani ihr Pferd und ritt langsam in die entgegengesetzte Richtung. Sie spreizte die Ellbogen seitlich ab, damit sich ihre Regenjacke ausbeulte und man denken konnte, dass zwei Personen im Sattel saßen. Nach ein paar Sekunden sah sie sich um.

Joe rannte ihr mit ausgebreiteten Armen nach und war schon ganz nah! Wie konnte der Kerl nur so schnell sein?

Janis Herz pochte wie wild und sie fühlte sich kurz wie gelähmt. Dann schrie sie ganz laut: „Halt dich fest, Hailey!"

Keeta fiel in einen flotten Trab. „Gaaanz ruhig, meine Gute", murmelte Jani. „Es ist alles okay." Aber sie konnte es der Stute nicht verdenken, dass sie nervös war – Joe verfolgte sie und fuchtelte wild mit den Armen.

Während Jani weiter die Straße entlangtrabte, hielt sie rechts und links nach Freedom Ausschau. Aber die schien wie vom Erdboden verschwunden. Janis Magen verkrampfte sich vor Angst. Wo war die kleine Stute nur abgeblieben? Brauchte sie Hilfe? War sie in den Fluss geraten?

Als Jani hinter sich plötzlich ein Geräusch hörte, schrie sie laut auf. Joe war so nah! Sie beugte sich vor und Keeta galoppierte an. Sekundenbruchteile später hatten sie Joe weit hinter sich gelassen.

„Anhalten!", brüllte er ihnen hinterher. Aber Jani dachte gar nicht daran. Nicht bevor zwischen ihr und diesem verrückten Einsiedler wieder genügend Abstand war.

Da tauchte wie aus dem Nichts eine dunkle Gestalt vor Keeta auf. Jani blieb ein Entsetzensschrei im Hals stecken. Keeta hielt so abrupt an, dass ihre Reiterin fast vornüber aus dem Sattel gefallen wäre. Als Jani sich am ganzen Leib zitternd wieder aufrichtete, sah sie, wie Freedom und Keeta die Köpfe aneinanderschmiegten.

„Halt!" Joes Ruf galt nicht mehr ihr. Anscheinend hatte er jetzt bemerkt, dass Penny mit Hailey flüchtete. Also nichts wie zurück!

Jani wendete Keeta und trieb sie wieder zum Galopp an. „Los, komm, Freedom!", rief sie dem Stutfohlen zu. Es galoppierte dicht neben seiner Mutter her und hielt mit seinen langen, dünnen Beinen mühelos Schritt.

Kurz darauf sah Jani, wie Joe laut schreiend und mit den Armen wedelnd in Richtung Brücke rannte. Jani war froh, dass er herumbrüllte – denn dann konnte er nicht hören, dass sie ihn verfolgte.

Näher, immer näher ... als die Pferde an dem Pick-up vorbeipreschten, hörte Jani Kiesel an die Windschutzscheibe spritzen. Nach wenigen Metern hatte sie Joe überholt.

„Sie muss unbedingt ...“, rief er – die übrigen Worte trug der Wind davon. Kurz darauf trabten Keeta und Freedom mit dumpfem Hufgeklapper über die Holzbrücke.

Sunny ging da vorne; sein Hinterteil war von den Pick-up-Scheinwerfern erleuchtet. Wie langsam der Wallach lief! Aber das machte jetzt nichts mehr. Sie würden das andere Ufer erreichen, bevor Joe ihnen mit dem Wagen folgen konnte – und wegen der Überflutung würde er ohnehin nicht weit kommen. Sie hatten es geschafft! Sie hatten Hailey gerettet! Jetzt mussten sie sie nur noch so rasch wie möglich in Sicherheit bringen.

Jani parierte Keeta zum Schritt durch, als sie Sunny und Penny eingeholt hatten. „Wir haben's geschafft!“, jubelte sie und schaute in Pennys nasses, bleiches Gesicht.

Penny lächelte matt zurück. „Ja. Wir haben's geschafft.“ Als sie an die überschwemmte Straße kamen, ließ sie Sunny anhalten. „Soll ich zuerst rüber?“

„Ja. Gib mir nur eine Sekunde, damit ich Freedom an den Führstrick nehmen kann. Das Wasser scheint inzwischen noch weiter gestiegen zu sein.“ Mit flinken Fingern machte Jani den Führstrick von Keetas Sattel ab.

„He, wo ist Freedom denn eigentlich?“

„Sie ist gleich hinter ...“ Jani hielt inne. Freedom war nirgendwo zu sehen. „Sie ist schon wieder verschwunden“, wisperte sie tonlos. Dann begann sie gellend zu rufen: „Freeeeeedom! Freeeeeedom!“ Warum machte sich die junge Stute immer wieder aus dem Staub? Jani verstand das einfach nicht. Nun galt es, diese überschwemmte Straße zu überqueren – und zwar auf der Stelle!

„Freedom!“, schrie nun auch Penny.

Plötzlich vernahmen sie von jenseits der Brücke ein lautes, rumpelndes Geräusch. Die Mädchen blickten erschrocken über den Fluss und sahen, wie sich in nicht allzu weiter Ferne zwei Scheinwerfer auf und ab bewegten. Joe war ihnen auf den Fersen!

„Du reitest vor“, bestimmte Jani, obwohl ihr der Gedanke, mutterseelenallein hier zurückzubleiben und auf Joe zu warten, ganz und gar nicht behagte.

„Ich werde dich doch jetzt nicht im Stich lassen!“, protestierte Penny.

„Aber wir haben keine Wahl! Hailey braucht dringend ärztliche Hilfe. Und ich kann hier nicht weg – nicht ohne Freedom!“ Wenn sie und Keeta jetzt die überschwemmte Straße überquerten und Freedom ihnen später alleine zu folgen versuchte, wäre das Fohlen der reißenden Strömung hilflos ausgeliefert und würde höchstwahrscheinlich ertrinken. Aber diesen Gedanken sprach Jani nicht laut aus.

Da hörte sie, wie Penny aufgeregt einatmete. „Jani, schau ... da!“, sagte ihre Freundin und zeigte mit dem Finger in Richtung des Flusses. Joes Pick-up kam langsam die letzten Meter auf die Brücke zugefahren. Aber Penny deutete nicht auf den Pick-up, sondern auf das kleine, schwarze Pferd, das ihm entschlossen über die Brücke entgegenlief ...

Freedom versuchte, Joe ein zweites Mal aufzuhalten – aber diesmal brachte sie damit alle in höchste Gefahr.

FREEDOM

Irgendwas stimmte mit dem Mann nicht. Er hatte Todesangst vor ihr – und trotzdem hatte er immer wieder versucht, sich ihr zu nähern. Nach einigen Minuten dieses Katz-und-Maus-Spiels hatte sich Freedom gewundert, warum er nicht von ihr abließ, wenn er doch so große Angst vor ihr hatte. Und noch andere Dinge waren ihr aufgefallen, die irgendwie nicht zu ihrem Bild von ihm passten. Seine Stimme war sanft und freundlich gewesen, und er hatte sie inständig angefleht, ihn vorbeifahren zu lassen.

Als er zu seinem Pick-up zurückgerannt war – wohl, um nach Hailey zu sehen – und entdeckt hatte, dass sie verschwunden war, hatte sich auf seinem Gesicht eine Sorge abgezeichnet, wie sie Freedom noch nie bei einem Menschen gesehen hatte. Er machte sich Sorgen um das Mädchen!

Auch als er Jani auf Keeta nachgelaufen war, hatte sie wieder gemerkt, dass seine Hast einer tiefen Verzweiflung entsprang – angetrieben von einer großen Angst um Hailey.

Als Keeta dann losgaloppiert war, hatte er sich noch einmal umgeblickt und im Licht der Scheinwerfer einen Blick auf Penny und Sunny erhascht – und auf Hailey. In dem Moment hatte er begriffen, dass man ihn in die Irre geführt hatte. Gehetzt war er den Weg, den er gerade gekommen war, wieder zurückgerannt. In diesem Moment war sie,

Freedom, wieder auf der Bildfläche erschienen. Jani und Keeta hatten vor dem Mann die Brücke erreichen müssen – und dank ihres Einschreitens hatten sie das auch geschafft.

Als Freedom jetzt neben Keeta über die Holzplanken galoppierte, spürte sie auf einmal mit tödlicher Sicherheit, dass die Brücke nicht mehr lange halten würde. Wenn der Mann mit dem Pick-up darüberfuhr, würde sie unweigerlich einstürzen. Aber Joes Sorge um Hailey war offenbar so groß, dass er dieses Risiko eingehen würde. Das Schicksal des Mädchens lag ihm anscheinend wirklich sehr am Herzen ... Ging er fälschlicherweise davon aus, dass Jani und Penny ihr etwas antun wollten?

Doch eigentlich fühlte Freedom keine Verantwortung für ihn. Er war ein Scheusal. In ihrem früheren Leben hatte er sie tief verletzt. Und was hatte er der Sanftmütigen angetan – seiner eigenen Tochter?

Und dennoch gingen ihr die Sorge und Verzweiflung in seinen Augen nicht mehr aus dem Sinn. Wenn er wirklich ein Unmensch war – wie konnte er sich dann so um Hailey sorgen? Warum hatte er sich ihr, Freedom, so freundlich genähert, obwohl ihm deutlich anzusehen gewesen war, dass er Todesängste ausgestanden hatte?

Freedom wurde immer langsamer, je mehr sie darüber nachdachte – und dann machte sie auf einmal kehrt und lief zurück. Als sie auf den Pick-up zuhielt, der ihr rumpelnd entgegenkam, wieherte sie schrill. Sie durfte diesen Mann nicht sterben lassen. Sie konnte es einfach nicht!

Es war möglich, dass sie sich all die Jahre geirrt hatte – und dass er gar nicht das Monster war, für das sie ihn immer gehalten hatte.

JANI

Entsetzt musste Jani zusehen, wie der Pick-up direkt auf Freedom zufuhr – und nur wenige Zentimeter von dem Fohlen entfernt stehen blieb.

„Freedom! Komm zurück!“, schrie Jani und trieb Keeta an.

Freedom schaute sich um und sah, wie Keeta und Jani ihr entgegenstürmten. Sie ging ein paar Schritte rückwärts – und der Pick-up kroch etwas vorwärts.

Als die Vorderreifen die ersten Planken der Brücke berührten, hielt der Pick-up erneut an. Die Fahrertür ging auf und Joe stieg aus. Als er Freedom Auge in Auge gegenüberstand, zeichnete sich auf seinem Gesicht grenzenlose Verblüffung ab.

„Tun Sie ihr nichts!“, kreischte Jani, während sie langsam näher ritt.

Joe sah sie überrascht an und schüttelte bedächtig den Kopf. Seine Lippen bewegten sich, aber Jani konnte nicht hören, was er sagte, weil der tosende Fluss alles übertönte.

Wenige Meter von Freedom entfernt brachte Jani Keeta zum Stehen und rief erneut nach Freedom, aber die reagierte immer noch nicht. Joe schüttelte wieder den Kopf und sagte irgendwas – bis er begriff, dass Jani ihn nicht hören konnte. Er hob beide Arme, um zu zeigen, dass er unbewaffnet war. Dann machte er ein paar Schritte vorwärts.

Und auch Freedom trat auf ihn zu ... und beschnupperte vorsichtig seine durchnässte Jacke.

Jani blieb vor Überraschung der Mund offen stehen. Was war hier los? Freedom schien vor Joe keine Angst mehr zu haben. Im Gegenteil: Sie war ihm sogar irgendwie zugetan.

Ganz behutsam strich Joe dem Fohlen über den Hals und blickte dann Jani an. Er winkte ihr zu und machte eine Geste von der Brücke weg. Er wollte offensichtlich mit ihr sprechen, aber nur auf dem sicheren Weg.

Jani nahm die Zügel kürzer und nickte. Die schwankende Brücke machte sie ohnehin nervös. Sie lenkte Keeta zum Pick-up. Joe ging so weit wie möglich beiseite, damit Jani genügend Platz hatte, um an ihm vorbeizureiten.

Als sie wieder auf dem sicheren Boden stand, wendete sie Keeta und sah zurück zur Brücke. Sollte Joe ihr zu nahe kommen, könnte Keeta jederzeit losgaloppieren und sie in Sicherheit bringen. Penny und Sunny standen immer noch an der überfluteten Straße auf der anderen Seite der Brücke. Hailey hing wie eine Stoffpuppe in Pennys Armen.

Jani sah, wie Joe langsam auf sie zukam, dicht gefolgt von Freedom, die vollkommen ruhig schien. Wie seltsam ... „Halt!“, schrie sie da dem Mann entgegen.

Er blieb sofort stehen. Er konnte sie also hören – und das bedeutete, dass er nah genug war, um auch ihr etwas zuzurufen.

Aber jetzt schien er kein Wort mehr herauszubringen. Trotz des strömenden Regens sah Jani, dass er weinte: Sein Gesicht wurde von den Scheinwerfern des Pick-up erleuchtet und seine Augen waren rot und geschwollen. Er wischte sich mit dem Handrücken die Nase ab, aber gleich darauf schien ihm einzufallen, dass sich so etwas eigentlich nicht gehörte, und er ließ die Hand jäh fallen. „Sie hat mich gerettet", krächzte er schließlich. „Nach allem, was ich ihr angetan habe ..."

„Wer hat Sie gerettet?"

Er zeigte auf Freedom. „Sie hat mich davon abgehalten, auf die Brücke zu fahren. Unter dem Gewicht des Pick-up wäre sie garantiert eingestürzt. Das schwarze Pferd hat mich gerettet ... obwohl Jenny gar nicht mehr im Wagen saß."

Janis Gesicht war versteinert. „Ihr Name ist Hailey."

„Ich wusste, dass sie anders heißt; ich wusste nur nicht, wie. Ihr müsst sie ins Krankenhaus bringen! Sie ist sehr krank."

„Ja. Wir sind auch nur noch nicht weg, weil Freedom zurückgelaufen ist. Komm jetzt, Freedom, lass uns gehen!"

Doch Freedom machte keine Anstalten, mitzukommen.

„Also jetzt aber los, Freedom. Wir müssen uns beeilen!" Jani spürte eine leise Verzweiflung in sich aufsteigen. Warum gehorchte ihr Fohlen ihr nicht mehr?

Als Joe einen Schritt vorging, bewegte sich auch Freedom einen Schritt. Erstaunt ging Joe noch etwas weiter und Freedom hielt sich genau neben ihm. „Ich glaube, sie will, dass ich mit euch komme ..."

„Das geht nicht."

„Aber ich kann euch doch helfen. Ich bin kräftiger als deine Freundin. Ich kann Hailey auf einem galoppierenden Pferd festhalten. Und außerdem kenne ich eine Abkürzung."

„Ich vertraue Ihnen aber nicht."

„Aber Freedom vertraut mir, und glaube mir wenn sie mir vergeben kann, was ich ihr in der Vergangenheit ange..." Er hielt inne und steckte seine Hände in die Hosentaschen.

Jani sah Freedom an, die ohne das geringste Anzeichen von Angst oder Unruhe neben dem Mann stand. Und ganz offensichtlich war sie nicht gewillt, ohne ihn auch nur irgendwohin zu gehen. Wenn sie Hailey retten wollten, dann blieb ihnen anscheinend keine andere Wahl, als ihn mitzunehmen.

Jani betete nur, dass Freedom sich nicht irrte ... „Na gut“, stieß sie widerstrebend zwischen zusammengebissenen Zähnen hervor. „Aber glauben Sie ja nicht, Sie könnten heimlich mit ihr wegreiten. Wir wissen, wer Sie sind und dass Sie sie haben, und können jederzeit Hilfe holen!“

Joe nickte. „Ich würde mir nach alledem auch nicht trauen“, gab er zu. Dann lief er los, um die schwankende Brücke zu überqueren.

Nachdem Freedom ihren Willen durchgesetzt hatte, tänzelte sie wieder neben ihrer Mutter her. Keeta gab ihr einen zärtlichen Nasenstüber. Jani klinkte den Führstrick in Freedoms Halfter ein. Für diese Nacht war sie genug auf eigene Faust unterwegs gewesen! Dann ließ Jani Keeta rasch ans andere Ufer traben. Sie wollte verhindern, dass Joe womöglich vor ihnen da war und dass sein Anblick die ahnungslose Penny in Angst und Schrecken versetzte.

JANI

Penny zögerte – sie war dagegen, Joe zu vertrauen. Erst als Hailey ihr plötzlich fast entglitt, sah sie ein, dass sie nicht genug Kraft hatte, um sie noch länger zu halten.

„Wir müssen uns schnell entscheiden", meinte Joe und sah besorgt in Haileys fahles Gesicht.

Jani nickte ihrer Freundin zu.

„Na gut, meinetwegen!", schrie Penny wütend. „Aber unterstehen Sie sich, ihr etwas anzutun! Sonst ... sonst ..."

„Ich tue ihr nichts", versprach Joe. Behutsam nahm er Penny die bewusstlose Hailey ab und hielt sie in seinen Armen, bis Penny abgestiegen war. Er bat sie, Sunny kurz festzuhalten, und schwang sich dann mühelos in den Sattel – Hailey sicher im Griff. Als Penny ihm die Zügel übergab, lächelte er ihr kurz zu und sagte: „Ich danke dir."

Penny erwiderte nichts darauf. Sie rannte zu Keeta hinüber und setzte sich hinter Jani.

„Seid ihr bereit?", rief Joe den Mädchen zu.

„Ja, sind wir."

Der Einsiedler lenkte Sunny die Böschung hinab in das Wasser. Es war noch weiter angestiegen.

Jani hatte den Führstrick fest um den Sattelknauf gewickelt, damit der Fluss Freedom nicht mit sich fortreißen konnte. Kurz darauf platschte auch Keeta ins strudelnde Wasser, Freedom dicht an ihrer Seite. Binnen Sekunden

wurde das Fohlen von der Strömung erfasst – doch der Führstrick saß und Keeta trottete sicher durch den Strom.

Auf der gegenüberliegenden Seite angekommen, kletterte die Stute die Böschung hinauf und ging weiter, bis sie auch ihr Fohlen aus dem Wasser gezogen hatte. Als Freedom wieder festen Boden unter den Hufen hatte, blieb sie keuchend stehen, aber zum Ausruhen war jetzt nicht der richtige Moment. Hailey musste dringend zu einem Arzt! Sie war inzwischen in tiefe Bewusstlosigkeit gefallen. Ihr blutleeres Gesicht war in Joes Armbeuge vergraben.

„Folgt mir“, befahl Joe und galoppierte Sunny an. Der Regen hatte etwas nachgelassen und die stampfenden Pferdehufe waren weit und breit das einzige Geräusch.

„Wo will er denn hin?“, schrie Penny in Janis Ohr, als Joe auf einmal von der Straße abbog.

„Er hat gesagt, er kennt eine Abkürzung.“

„Na, wenn das mal stimmt ...“, erwiderte Penny.

Jani dachte das Gleiche. Sollte Joe Freedom hinters Licht geführt haben und doch ein schlechter Mensch sein, könnte er sie an einen abgelegenen Ort führen und dort festhalten, sodass sie keine Chance mehr haben würden, Hailey zu helfen. Mehr noch – kein Mensch wüsste dann, wo sie wären, und niemand würde kommen, um sie zu retten.

Allein Haileys Zustand hielt Jani davon ab, doch noch vor Joe zu fliehen. Sie konnten Hailey jetzt nicht im Stich lassen. Und außerdem hatte sie in Joes Augen deutlich gesehen, dass er sich große Sorgen um das Mädchen machte.

Jani war so in Gedanken versunken, dass sie die kleinen Lichtpunkte vor sich erst gar nicht sah. Sie näherten sich bereits einem Haus – und dabei waren sie doch erst wenige Minuten unterwegs!

Die drei Pferde stampften über einen sumpfigen Acker und hielten dann auf dem Hof einer Ranch an. Penny und Jani sprangen von Keetas Rücken.

„Du gehst mit Joe!“, ordnete Penny an. „Ich kümmere mich um die Pferde.“

Jani nickte. Joe war bereits auf dem Weg zum Ranchhaus und eine von ihnen musste ihn im Auge behalten – falls er doch etwas im Schilde führte ... „Komm nach, sobald du kannst!“, schrie sie Penny zu und rannte dann Joe hinterher, der die reglose Hailey trug.

Schwer keuchend wies Joe mit einer Kopfbewegung zum Hintereingang. Jani hämmerte an die Holztür.

„Mach sie einfach auf ... und ... geh rein!“, japste Joe.

Jani drehte den Metallknauf und stieß die Tür auf. Dann trat sie in einen schummrigen Flur.

„Silas! Mary! Kommt her ... das ist ein Notfall!“, brüllte Joe und rang zwischendurch nach Luft.

Im oberen Stockwerk ging das Licht an und Sekunden später kam ein älterer Mann in Schlafanzug und Bademantel die Treppe herunter. „Was ist denn los, Joe?“

Hinter ihm an der Treppe tauchte eine Frau auf.

„Wir brauchen sofort einen Krankenwagen! Das ist ein Notfall! Das hier ist Hailey, das verschwundene Mädchen“, rief Jani.

Die Frau rannte zurück ins Schlafzimmer, um zu telefonieren.

„Leg sie ins Wohnzimmer“, sagte Silas und ging voraus. „Wir halten sie warm, während Mary den Arzt ruft.“

Als Jani den Männern in das Wohnzimmer folgte, spürte sie eine Welle der Erleichterung. Freedom hatte wieder mal recht gehabt – Joe war tatsächlich um Haileys Wohl besorgt.

Jetzt konnten sie nur noch hoffen, dass es für Hailey noch nicht zu spät war ...

Im Wohnzimmer von Mary und Silas war es hell und gemütlich. Mary brachte eine warme Decke für Hailey und bot auch Jani eine an, aber die war noch viel zu aufgeregt, um sich auszuruhen. Sie fragte Mary, ob es auf der Ranch freie Boxen gab, und als Mary das bejahte und sofort anbot, dass sie ihre Pferde dort unterbringen könnten, eilte Jani nach draußen, um Penny dabei zu helfen.

Bald darauf genossen Keeta, Freedom und Sunny neben dem großen Zugpferd von Silas und Mary ihre wohlverdiente Ruhe. Die riesige Kaltblutstute freute sich sehr über die unverhoffte Gesellschaft und schien ganz besonders von Freedom fasziniert zu sein. Ihr Blick ruhte ständig auf dem Fohlen ...

Jani und Penny streuten die Boxen dick mit frischem Stroh ein, füllten die Futtertröge mit Heu und stellten den Pferden Eimer mit Wasser hin. Penny fand für Keeta und Sunny zwei Decken. Da es keine kleine Pferdedecke gab, ging Freedom leer aus. Allerdings war es in dem Stall mollig warm, und sollte es dem Fohlen trotzdem kalt werden, konnte es sich immer noch dicht an seine Mutter kuscheln.

Bevor sie den Stall verließen, gab Jani Keeta einen dicken Kuss auf die Nase. „Du warst heute Nacht so was von brav und tapfer, Keeta! Danke, dass du uns geholfen hast." Dann streichelte sie Freedom liebevoll. Das Fohlen wieherte leise. „Na, meine Kleine. Woher du nur immer all diese Dinge weißt ... du bist echt unglaublich!" Freedom sah Jani mit ihren blauen Augen an. Offenbar amüsierte Janis staunende Bewunderung sie ...

„Es ist schon fast unheimlich, was Freedom alles vorausahnt", bemerkte Penny, nachdem sie Sunny die Decke aufgelegt hatte.

Jani nickte nur. Sie liebte ihre beiden Pferde so sehr!

„Gehen wir. Der Krankenwagen müsste bald da sein", sagte Penny. „Ich will sehen, dass Hailey gut versorgt wird."

Die Mädchen eilten zum Haus zurück, aber die Ambulanz war immer noch nicht vor Ort. Mary brachte Jani und Penny ins Wohnzimmer, wo Hailey immer noch reglos auf der Couch lag. Silas und Joe saßen in Sesseln und blickten besorgt drein.

„Geht es ihr noch schlechter?", fragte Jani an Mary gewandt und fürchtete sich gleichzeitig vor einer Antwort.

„Sie lebt – und das allein ist schon ein Wunder", erwiderte Mary. „Erst so einen Autounfall zu überleben und dann noch von der reißenden Strömung fortgetrieben zu werden ... das Mädel muss wirklich zäh sein."

„Zäh genug, um so lange durchzuhalten, bis Hilfe kommt", fügte Silas hinzu.

Joe sagte nichts.

„Sie ist Diabetikerin", berichtete Jani.

Für einen kurzen Moment zeichnete sich auf Marys Gesicht blankes Entsetzen ab, aber dann war sie sofort wieder gefasst. „Ihr Mädchen seid ja pitschnass! Ich habe zwar keine Kleider in eurer Größe, aber dafür jede Menge warmer Decken. Quilts zu machen, ist mein Hobby, wisst ihr? Ich würde es schön finden, wenn sie mal so richtig nützlich sein könnten." Sie ging hinaus und kam gleich darauf mit zwei großen, handgearbeiteten Decken über dem Arm zurück.

Jani wählte eine in Türkisblau, Cremeweiß und Violett und Penny nahm die andere, die wunderschöne Grün-, Gold- und Rottöne aufwies.

„Sind Sie wirklich sicher, dass wir die benutzen sollen?“, hakte Penny nach. „Wir machen sie ja ganz schmutzig!“

„Na, dann werde ich sie eben später waschen!“, erwiderte Mary.

„Ich höre den Krankenwagen kommen!“, rief Silas da und sprang auf.

Jani warf sich die Decke über die Schultern und eilte mit den anderen hinaus.

Der Krankenwagen fuhr tatsächlich mit jaulender Sirene und blinkendem Blaulicht auf das Haus zu. Als er in die Einfahrt einbog, stellten die Sanitäter die Sirene aus und fuhren langsam rückwärts vor den Eingang. Ein Mann und eine Frau in blau-weißen Uniformen sprangen heraus und eilten die Veranda hinauf.

„Hier lang!“, wies Mary ihnen den Weg ins Wohnzimmer.

Jani spürte, wie ihr Tränen in die Augen stiegen. Mary war ein großer, gütiger Engel, der alle unter seine Fittiche nahm. Silas folgte den Sanitätern und plötzlich fiel Jani auf, dass Joe nicht draußen war.

Sie eilte ins Wohnzimmer, wo Mary gerade dabei war, Joe beim Aufstehen zu helfen. Er hatte bei Hailey vor der Couch gekniet und sein Gesicht war tränennass. „Ich habe sie am Ufer gefunden und wollte sie morgen in die Stadt fahren. Aber ich musste zuerst meinen Pick-up reparieren, verstehen Sie? Und ich habe doch kein Telefon ...“, erklärte er. „Und dann wurde sie auf einmal krank ...“

„Konnte sie vorher noch gehen oder sprechen?“

„Ja, sowohl als auch. Aber sie wusste nicht, wer sie ist.“

Die Sanitäterin beugte sich über Hailey und strich ihr mehrmals behutsam über den Kopf. Über dem rechten Ohr hielt sie inne. „Sie hat eine Kopfverletzung“, sagte sie.

Die beiden Sanitäter rollten Hailey vorsichtig auf den Rücken, tasteten ihren Körper ab, maßen ihren Puls und kontrollierten ihre Atmung.

„Scheint nichts gebrochen zu sein“, sagte der Mann.

„Dann bereiten wir sie gleich auf den Transport vor“, meinte seine Kollegin und legte Hailey eine Sauerstoffmaske über Mund und Nase. „Den Blutzucker kann ich auch unterwegs messen.“ Sie legte Hailey eine steife Manschette um den Hals, während der Sanitäter das Mädchen in einige Decken wickelte. Schließlich hoben sie Hailey gemeinsam auf die schon bereitgestellte Trage.

„Und ihr beiden – ist mit euch alles in Ordnung?“, wollte der Sanitäter von Jani und Penny wissen, während er und seine Kollegin Hailey hinaustrugen.

„Ja, uns geht's gut.“

„Die Polizei wird eine Aussage darüber benötigen, was passiert ist. Hinterlasst bitte eure Namen und Adressen bei Mary. Ich sage den Beamten Bescheid, dass sie morgen mit ihr Kontakt aufnehmen sollen. Wir wollen jetzt keine Zeit mit Formalitäten vergeuden.“

Jani nickte. Jetzt würden sie nicht mehr darum herumkommen, ihren Eltern alles zu beichten. Von der Haustür aus sahen sie und Penny zu, wie die Sanitäter die Trage mit Hailey in den Krankenwagen schoben und danach langsam losfuhren. Nachdem sie auf die Hauptstraße abgebogen waren, machten sie die Sirene an und fuhren in hohem Tempo davon.

„Na, kommt rein, ihr beiden“, sagte Mary freundlich. „Soll ich eure Eltern anrufen? Macht euch keine Sorgen um eure Pferde. Die können hierbleiben, solange es nötig ist. Unsere Ducky freut sich immer über Besuch!“

„Ich ruf bei mir daheim an“, entgegnete Jani. „Meine Eltern können uns beide dann hier abholen. Währenddessen kann Penny unsere Namen und Adressen aufschreiben.“

Mary ging mit Jani in die Küche und zeigte ihr das Telefon. Dann zog sie sich taktvoll zurück.

Bevor Jani den Hörer abnahm, atmete sie tief durch. Wie um alles in der Welt sollte sie ihren Eltern das erklären? Hätten die Sanitäter sie doch bloß nicht gebeten, ihre Namen und ihre Anschriften zu hinterlassen! Jetzt mussten sie mit der Wahrheit herausrücken, denn wenn die Polizei zu ihnen nach Hause kam, um ein Protokoll aufzunehmen, und ihre Eltern hätten von ihren nächtlichen Ausflügen keine Ahnung, wäre erst recht die Hölle los ...

Sie seufzte tief und begann zu wählen.

Es klingelte nur ein Mal, ehe abgenommen wurde. Dann fragte eine verzweifelte Stimme: „Jani! Bist du das? Kind, ist dir was passiert? Wo bist du? Ist Penny bei dir?“

„Ja, ich bin's“, antwortete Jani und war doch heilfroh, dass sie angerufen hatte. Anscheinend hatten ihre Eltern ihr Verschwinden längst bemerkt. „Penny und mir geht's gut.“

„Du wirst uns einiges erklären müssen, wenn du nach Hause kommst, junge Dame! Also, wo bist du? Wir holen dich sofort ab.“

Eine Minute später legte Jani den Hörer auf und ging rasch ins Wohnzimmer zurück. Bis zum Eintreffen ihrer Eltern würde ihr nicht viel Zeit bleiben und sie musste Joe vorher unbedingt noch einige Fragen stellen. Als sie ins Zimmer kam, erhob sich Mary und bot ihr einen bequemen Sessel an. „Ich mach uns jetzt allen erst mal einen schönen heißen Tee. Ihr drei müsst euch ordentlich aufwärmen.“

„Vielen Dank, Mary ... für alles!“

Nachdem Mary in die Küche gegangen war, herrschte ein vielsagendes Schweigen. Jani öffnete den Mund und wollte etwas sagen, obwohl Silas noch im Zimmer war. Der schien aber doch gleich zu merken, dass sie lieber mit Joe allein sprechen wollte, stand auf, murmelte: „Ich geh Mary in der Küche helfen“ und ging hinaus.

„Also los, erzählen Sie!“, sagte Jani an Joe gewandt, sobald Silas weg war.

„Und bitte nichts auslassen!“, fügte Penny hinzu. „Wir wollen wirklich alles wissen.“

„Sie kennen Freedom, stimmt's? Irgendwie von früher ...“

Joe starrte sie aus verquollenen Augen an. Er wirkte wie ein menschliches Wrack. „Ich weiß nicht, was mit Hailey passiert ist, bevor ich sie fand. Sie kam vom Fluss herauf in den Wald und sah aus wie eine Wasserratte. Ich habe sie dann zu mir nach Hause gebracht.“

„Aber sie würde nie mit einem Fremden mitgehen!“, meinte Jani ungläubig.

Joe schüttelte den Kopf. „Sie konnte sich an nichts erinnern. Und deshalb habe ich ...“ Er starrte auf seine Hände. „Nun ja, ich habe sie angeschwindelt. Ich habe ihr gesagt, ich sei ihr Großvater. Sie musste doch unbedingt rasch ins Warme und Trockene kommen! Später, sobald sie im Krankenhaus gewesen wäre, hätte ich ihr ja die Wahrheit gesagt!“, fuhr er fort und blickte wieder auf. „Aber irgendwie hat sie es dann wohl selbst herausgefunden und hat sich in Jennys Zimmer verbarrikadiert. Ich konnte sie noch dazu überreden, die Tür kurz aufzumachen, um sich einen Teller mit Essen hereinzuziehen – aber danach kam kein Mucks mehr aus dem Zimmer. Die entsetzliche Stille machte mich unruhig, und schließlich schaute ich von draußen durchs

Fenster hinein und sah sie zusammengerollt auf dem Boden liegen. Sie hatte das Essen nicht angerührt. Sie war so schwach, dass sie es nicht mal bis ins Bett geschafft hatte!" Der alte Mann erschauderte. „Und da begriff ich, dass sie krank sein musste ... schrecklich krank ... und dass sie offenbar zu viel Angst hatte, das zuzugeben oder sich etwas anmerken zu lassen. Ich wollte sie wirklich nicht ängstigen; das müsst ihr mir glauben."

„Aber als wir das erste Mal auf Ihrem Grundstück waren – warum haben Sie denn da nicht gesagt, dass sie bei Ihnen ist? Warum sind Sie da so ausgeflippt und wie von der Tarantel gestochen ins Haus zurückgerannt?"

Joe senkte den Blick wieder. „Nun, das war wegen Freedom ... Als ich sie sah, geriet ich in Panik. Ich ... ich ... ich dachte, sie wäre zurückgekehrt, um sich zu rächen."

Jani schnaubte verächtlich.

„Ich weiß, dass ihr mich für verrückt haltet, und ich gebe ja zu, dass das alles auf den ersten Blick wirklich keinen Sinn ergibt ... aber ihr wisst nicht alles über sie", erzählte Joe weiter. „Sie hat meinen Partner zum Krüppel gemacht. Sie hätte mir das Gleiche antun können. Ich habe jemandem dabei geholfen, sie zu fangen – damals, als sie noch ein wilder Mustang war."

„Wir wissen, dass Sie und Hansen Partner waren – aber Sie haben mehr getan, als sie nur einzufangen." Jani hielt einen Moment inne, bevor sie weitersprach: „Sie haben geholfen, sie zu töten."

„Nein, nein! Das hätte ich nie gemacht! Und wenn ich vorher gewusst hätte, wie das alles ausgehen würde, hätte ich Hansen nie von ihr erzählt. Ich dachte doch nur, ich würde meiner kleinen Jenny etwas Gutes tun – aber dann ist alles schiefgelaufen. Ich habe versucht, das Pferd zu retten. Wirklich! Aber es war schon zu spät ..."

„Erzählen Sie, was genau damals passiert ist", bat Penny.

Jani warf ihrer Freundin einen scharfen Blick zu. Sie klang auf einmal viel zu freundlich ...

„Als meine Tochter etwa in eurem Alter war, fand sie Freedom. Das Pferd steckte in einem Sumpf fest und konnte sich nicht mehr selbst befreien. Freedom war damals noch ein ganz junges Fohlen und Jenny schaffte es, sie aus dem Moor zu ziehen. Danach hat meine Jenny immer davon geträumt, dass sie und Freedom gute Freunde würden – aber mit einem Wildpferd geht das nicht so einfach. Freedom mochte Jenny gern, aber sie ließ sich nie von ihr berühren. Und so nahm ich mir vor, Freedom für Jenny zu zähmen. Ich tat mich mit Hansen zusammen und erzählte ihm von der Mustangherde. Wir haben vereinbart, dass ich mir im Gegenzug eins von den gefangenen Pferden aussuchen durfte." Er seufzte. „Um es kurz zu machen: Bei unserem ersten Versuch entkam Freedom, aber Hansen ritt ihr nach und fing sie doch noch. Dann sagte er, sie gehöre ihm. Ich wählte stattdessen eine hübsche, stichelhaarige Stute für Jenny aus und hoffte, dass sie mit ihr glücklich werden würde. Aber ich hätte es besser wissen müssen. Als Freedom sich nicht einreiten ließ, wollte ich Hansen davon überzeugen, dass er sie wieder freilassen sollte, aber er hörte nicht auf mich und quälte sie weiter. Und dann fand Jenny eines Tages heraus, dass Freedom bei Hansen war. Sie wollte die Stute retten, aber inzwischen war das Pferd schon so geschwächt ... und dann hat Hansen Jenny erwischt, als sie Freedom befreien wollte. Er behauptete, dass es meine Schuld sei, dass sie in diesem schlechten Zustand war ..."

Joe räusperte sich. Als er fortfuhr, war seine Stimme nur noch ein leises Krächzen. „Und sie glaubte ihm das. In jener Nacht riss sie zu ihrer Tante Milly aus und ließ ihre stichelhaarige Stute frei. Sie sprach nie wieder ein Wort mit mir. Ich konnte mich nicht einmal bei ihr entschuldigen."

Zum ersten Mal empfand Jani einen Anflug von Mitleid mit dem alten Mann.

„Freedom hat mich irgendwie bereits für das, was ich ihr angetan habe, bestraft. Aber eins verstehe ich nicht: Warum hat sie mich gerettet?"

„Vielleicht weil ihr bewusst geworden ist, dass Sie genug gelitten haben?", meinte Penny.

Jani atmete tief ein. Sollte sie dem Mann das alles glauben? Schließlich hatte er Hailey belogen – auf der anderen Seite hatte er am Ende aber auch alles getan, um sie zu retten. „Nein. Freedom hat das gemacht, weil sie mit der Vergangenheit abschließen will. Sie hat sogar Hansen vergeben", erklärte sie. Mit wenigen Worten erzählte sie Joe, wie sie Freedom in dem brennenden Stall gefunden hatte und wie sie und Penny die verletzte Seele des Mustangs befreit hatten.

„Erst als ihr Hass abgestorben war, konnte sie den Stall verlassen", schloss Jani. „Und dann ist sie eines Tages zu uns zurückgekehrt – in Gestalt von Keetas Tochter."

Joe war sprachlos. Er saß nur noch da und starrte kopfschüttelnd vor sich hin.

Kurz darauf klingelte es an der Tür, und Jani hörte, wie Mary ihre Eltern begrüßte.

„Wir müssen gehen", flüsterte sie Penny leise zu.

Die beiden Mädchen erhoben sich, aber an der Türschwelle blieb Penny noch mal kurz stehen und sah sich nach Joe um. „Wie ist es inzwischen? Haben Sie denn jetzt Kontakt zu Ihrer Tochter?“

Der alte Mann schüttelte den Kopf. „Sie hat studiert und arbeitet als Lehrerin in der Stadt, in der ihre Tante lebt. Sie hat geheiratet und Kinder bekommen. Ich habe sie mal aus der Ferne gesehen. Das ist alles.“

„Das ist so traurig“, meinte Penny. „Vielleicht würde es ja helfen, wenn Sie ihr sagen, dass es Freedom gut geht.“

Joe zuckte müde mit den Achseln und betrachtete seine Hände. Er war der einsamste und traurigste Mensch, den Jani je gesehen hatte. Sicher – er hatte ein paar Fehler gemacht, aber hatte er es verdient, die Liebe seiner Tochter zu verlieren und den Rest seines Lebens einsam und allein zu verbringen?

Jani schossen auf einmal Tränen in die Augen. Auch Freedom hatte das erkannt. Sie hatte Joe vergeben und ihm jetzt sogar das Leben gerettet. „Bringen Sie Jenny dazu, dass sie Freedom besucht“, sagte sie. „Ich wette, meine Kleine weiß, wie man diese Situation bereinigen könnte.“

Der alte Mann sah erstaunt auf. Tränen rannen ihm über die Wangen, aber in seinen Augen glomm ein Hoffnungsschimmer. „Danke“, krächzte er heiser. „Ich danke dir so sehr.“

HAILEY

Hailey sah von ihrem Buch auf. In der Tür standen zwei Mädchen – Penny und Jani. Die eine hatte eine Decke über dem Arm und die andere hielt eine Geschenkschachtel.

„Hallo, kommt rein!“, bat Hailey die beiden.

„Danke“, sagte Jani. „Wir haben dir was mitgebracht.“ Sie hielt Hailey die Decke hin.

„Oh, die ist aber hübsch!“, freute sich Hailey und nahm sie lächelnd entgegen.

„Wir haben alle eine bekommen. Mary hat jeder von uns eine geschenkt ... Mary ist übrigens die Frau, die den Krankenwagen für dich gerufen hat.“

„Echt wunderschön.“ Hailey fuhr mit einem Finger bewundernd die Stickerei nach.

„Wie geht's dir denn?“, wollte Penny wissen.

„Ach, schon viel besser“, erwiderte Hailey. „Dank euch beiden!“

„Kannst du dich an irgendwas erinnern, was in der Nacht passiert ist?“

„Ich weiß nicht mehr, wie ihr mich gerettet habt, weil ich da die ganze Zeit bewusstlos war. Aber meine Mutter hat mir alles erzählt.“

„Erinnerst du dich an Joe?“

„Ja – und vor allem, wie viel Angst ich vor ihm hatte“, berichtete Hailey und runzelte die Stirn.

„Er ist eigentlich kein schlechter Kerl, wenn man ihn etwas näher kennt“, erklärte Penny und streckte Hailey die Schachtel entgegen. „Hier. Das ist auch für dich.“

„Oh, danke!“ Hailey riss neugierig das Geschenkpapier auf und nahm den Deckel von der Schachtel ab. Ihre Augen leuchteten. Sie zog ein goldfarbenes Plüschpony mit weißer Mähne und weißem Schweif heraus. „Mensch, vielen Dank!“ Sie drückte das kleine Stofftier ganz fest an sich.

„Es soll dich daran erinnern, wie viel Spaß es macht, zu reiten“, meinte Jani.

„Auch davon hat mir meine Mom erzählt. Ich kann's echt immer noch nicht fassen, dass ich tatsächlich auf einem Pferd gesessen habe!“

„Und du hast dich ganz prima gehalten“, fügte Penny hinzu. „Wenn man bedenkt, dass du fast die ganze Zeit bewusstlos warst. Mein Sunny, auf dem du geritten bist, hat übrigens genau dieselbe Farbe wie das Plüschpferd.“ Sie streckte die Hand aus und zauste dem kleinen Stofftier durch die wuschelige Mähne.

„Wahnsinn! Dann werde ich diesen Kleinen hier Sunny den Zweiten nennen.“

Penny lachte. „Hört sich gut an!“

„Du, Hailey, wir haben uns gedacht, dass es jetzt eigentlich keinen Grund mehr gibt, dass du dich vor Pferden fürchtest – jetzt, wo du meilenweit geritten bist“, fing Jani an.

Hailey warf Penny einen besorgten Blick zu.

Als Jani das bemerkte, ergänzte sie eilig: „Keine Bange. Penny wird es keiner Menschenseele verraten. Nur wir drei werden es jemals wissen.“

„Genau. Und solltest du irgendwann noch mal Angst vor

einem Pferd haben, dann denk daran, wie du auf dem großen Sunny geritten bist – und wie er dich sicher über reißende Ströme, überschwemmte Wege und durch ... ähm, blumige Wälder getragen hat ...“

Hailey lächelte. „Ich würde Sunny jederzeit wieder reiten! Und Keeta auch ... glaube ich. Aber ein anderes Pferd – ich weiß nicht so recht ...“

„Wenn du möchtest, können wir dir helfen, in den Evergreen Stables ein Pferd zu finden, das sanft und folgsam ist“, bot Jani an.

„Echt? Das würdet ihr für mich tun?“

„Überhaupt kein Problem!“, erwiderte Penny. „Und Elaine braucht nie etwas davon zu erfahren.“

„Ich werde es ihr trotzdem sagen. Eigentlich hätte ich es ihr gleich von Anfang an sagen sollen“, meinte Hailey. „Aber Jasmine – die braucht nichts davon zu wissen.“

„Mein Mund bleibt verschlossen“, versprach Jani.

Hailey schaute auf ihre Bettdecke und wickelte sich nachdenklich eine Strähne der Mähne von Sunny dem Zweiten um den Zeigefinger.

„Und auch ich werde es bestimmt niemandem weitererzählen“, gelobte Penny ebenfalls.

Hailey hob den Blick und sah die beiden an. „Ach, wisst ihr, eigentlich ist es mir egal, was Jasmine denkt. Sagt ihr ruhig, dass ich eine Riesenangst hatte. Und dann soll sie erleben, wie ich drüber wegkomme!“

Jani lachte laut. „Hey, das ist genau die richtige Einstellung, Hailey!“

Und auch auf Pennys Gesicht legte sich ein breites Grinsen. „Hailey, du bist wirklich einmalig!“

FREEDOM

Widerwillig hob Freedom den Kopf aus dem Gras. Sie war jetzt alt genug, um die saftigen Stängel zu fressen, und genoss das sehr. Aber sie hatte auf einmal Stimmen gehört. Das Fohlen sah zum Stall. Da kam jemand ...

Freedom erkannte Joe. Sie schnaubte und drückte sich an ihre Mutter. Einige Nächte zuvor hatte sie ja zu Recht Vertrauen zu ihm gehabt – aber was hatte er jetzt hier zu suchen, wenn Jani weit und breit nicht zu sehen war?

„Es ist wohl niemand zu Hause", hörte das Stutfohlen Joe sagen. Neben dem Einsiedler lief eine Frau mit versteinertem Gesichtsausdruck.

„Ich weiß es wirklich zu schätzen, dass du mitgekommen bist, Jenny. Du hättest auch einfach ablehnen können. Und ich weiß auch, dass ich niemals wiedergutmachen kann, was ich dir damals angetan habe. Ich wollte dir nur etwas zeigen ... etwas, das sehr, sehr wichtig ist. Und ich verspreche dir, du wirst froh sein, dass du gekommen bist."

Die Frau starrte die ganze Zeit gleichgültig in die Ferne.

„Ja, es ist hart, hierher zurückzukommen ... nach so langer Zeit", fuhr Joe fort. Er war offenbar ziemlich nervös und konnte nicht aufhören zu reden. Anscheinend war ihm die Frau sehr wichtig. Wer war sie? Freedom hatte sie noch nie zuvor gesehen. Die Stute atmete tief ein – roch aber nur eine ihr unbekannte Mischung von Düften.

Aber halt ... unter dem Parfumduft war noch ein anderer Geruch. Der Geruch eines Menschen, der ihr sehr vertraut war. Konnte das sein? War das wirklich – die Sanftmütige?

Freedom stieß ein lautes Wiehern aus und galoppierte auf das Gatter zu. Keeta trottete ihr erstaunt hinterher.

Die Frau blieb wie angewurzelt stehen. „Oh mein Gott!“, entfuhr es ihr.

Das Fohlen wieherte erneut und hielt vor dem Gatter an.

„Das ... das ist doch nicht ... oder etwa doch?“

Joe fasste die Frau sanft am Arm und führte sie weiter. „Sie ist zurückgekehrt.“

„Freedom?“, stieß die Sanftmütige schluchzend hervor. „Ich verstehe nicht ...“ Jenny packte ihren Vater am Arm. „Sie ist gar nicht tot? Aber ich habe sie doch selbst sterben sehen! Und das hier ist ein Fohlen, kein ausgewachsenes Pferd ... das alles liegt doch schon so viele Jahre zurück!“

Freedom wieherte wieder, diesmal ganz sanft und leise. Sie beugte den Kopf über das Gatter und reckte ihn der Sanftmütigen entgegen, um ihr so nah wie möglich zu kommen – ihrer Freundin, die ihr vor langer, langer Zeit das Leben gerettet hatte, indem sie sie aus dem Moor gezogen hatte. Wie wunderbar, sie wiederzusehen!

„Ich werde dir alles erklären“, sagte Joe. Er half seiner Tochter, über das Gatter zu klettern. Und dann erzählte er ihr Freedoms Geschichte – berichtete ihr, wie ihre wilde Mustangseele gefangen gewesen war und wie Jani und Penny sie aus dem brennenden Stall gerettet hatten.

Voller Wiedersehensfreude beschnupperte Freedom die Haare, das Gesicht und die Hände ihrer verloren geglaubten Freundin und hielt dann ganz still, als die Sanftmütige ihr liebevoll den Hals streichelte und sie ganz fest umarmte. „Oh! Früher hat sie sich nie von mir berühren lassen – nur das eine Mal, als ich sie aus dem Morast gezogen habe.“

„Aber dafür war sie dir ein Leben lang dankbar. Sie hat dich damals in ihr Herz geschlossen und sie liebt dich heute noch.“

„All das ist so lange her“, meinte die Sanftmütige verwirrt. „Aber du hast recht: Sie erkennt mich und sie mag mich immer noch. Ich kann es an ihren Augen sehen!“

„Und ich liebe dich auch, Jenny. Ich hoffe und bete jeden Tag, dass du mir vielleicht irgendwann vergeben kannst ...“

Die Frau drehte sich langsam um und schaute ihrem Vater ins Gesicht.

„Dass ich Hansen damals von Freedom erzählt habe, war der größte Fehler meines Lebens“, fuhr er fort und sah ihr dabei in die Augen.

Die Sanftmütige biss sich auf die Lippe, atmete tief durch und flüsterte dann kaum hörbar: „Ich liebe dich auch, Dad, und du hast mir die ganzen Jahre schrecklich gefehlt ...“

„Kannst du mir denn vergeben?“

„Nur wenn du mir auch vergibst.“

Sekunden später war Joe über das Gatter geklettert und Vater und Tochter lagen sich in den Armen – Freudentränen in den Augen.

Freedom ging langsam zurück zu ihrer Mutter, schmiegte sich kurz an sie und tänzelte um sie herum, um ihre Freude mit ihr zu teilen.

Wie herrlich war es, nach dieser langen Zeit ihrer Freundin wieder zu begegnen! Und wie wunderbar war es, mitzuerleben, dass sie glücklich war und von ihrem Vater so sehr geliebt wurde.

Vater und Tochter lachten und weinten und kamen nach

all den verlorenen Jahren Schritt für Schritt miteinander ins Reine. Freedom stand etwas abseits und ging nicht mehr zu ihnen hinüber – sie gehörte jetzt zu Jani – und die Sanftmütige schien das zu verstehen. Es genügte der Frau, das Fohlen zu beobachten.

Als die Menschen beschlossen, aufzubrechen, kletterte Joe als Erster über das Gatter und half dann seiner Tochter hinüber. Aber bevor sie ihrem Vater folgte, lehnte sich die Sanftmütige noch einmal kurz auf die oberste Latte und blickte ein letztes Mal zu Freedom hinüber. „Ich bin so froh, dass es dir gut geht, Freedom“, sagte sie glücklich. Dann drehte sie sich um und ging.

Freedom kam an das Gatter getrottet und stellte die Ohren auf. Würde ihre Freundin sich an ihr gemeinsames Ritual erinnern?

Kurz bevor die Sanftmütige neben ihrem Vater um die Ecke bog, schaute sie sich noch einmal um und winkte Freedom zu – genau so, wie sie es jedes Mal getan hatte, wenn sie Freedom in der Wildnis besucht hatte.

Und das schwarze Pferd antwortete darauf wie damals, als es noch eine wilde Mustangstute gewesen war: Es wieherte und stampfte dreimal mit dem Vorderhuf auf.

Die Sanftmütige hakte sich lächelnd bei ihrem Vater ein und die beiden gingen Seite an Seite fort.

Freedoms Blick wanderte zum ersten Stock des Wohnhauses hoch. Sie sah gerade noch, wie Jani, die in der Zwischenzeit nach Hause gekommen war, vom Fenster aufstand und verschwand. Offensichtlich hatte sie die Situation beobachtet, und in wenigen Sekunden würde sie bei ihr sein ... Freedom konnte es kaum erwarten. Würden sie heute ein neues Abenteuer erleben?

Von Angela Dorsey sind im PonyClub bereits erschienen:

Dunkles Feuer (Engel der Pferde 1), 2003
Verloren in der Wüste (Engel der Pferde 2), 2003*
Der Berg des Kondors (Engel der Pferde 3), 2004
Das Mondblumenpferd (Engel der Pferde 4), 2005
Goldfieber (Engel der Pferde 5), 2005
Verkauft! (Engel der Pferde 6), 2006
Der Schlangenfelsen (Engel der Pferde 7), 2006
Sobekkares Rache (Engel der Pferde 8), 2007
Auf der Flucht (Engel der Pferde 9), 2007
Ruf der Vergangenheit (Engel der Pferde 10), 2008
Tornado (Engel der Pferde 11), 2008

Der Geist von Freedom, 2002*
Verlassen, 2005
Freedom und das Findelkind, 2007

*nicht mehr lieferbar